CREVER MON FILS

DU MÊME AUTEUR

Le Putain, Éditions Guernica, 1991

GUY VERVILLE

Crever mon fils

roman

LES HERBES ROUGES

Éditions LES HERBES ROUGES
3575, boulevard Saint-Laurent, bureau 304
Montréal (Québec) H2X 2T7
Téléphone : (514) 845-4039
Télécopieur : (514) 845-3629

En première de couverture :
Egon Schiele, *Madone et enfant,* 1906-1908
Photo de l'auteur : Pierre Laroche
Infographie : Mégatexte

Distribution : Diffusion Dimedia inc.
539, boulevard Lebeau
Saint-Laurent (Québec) H4N 1S2
Téléphone : (514) 336-3941

Dépôt légal : quatrième trimestre 1994
Bibliothèque nationale du Québec
Bibliothèque nationale du Canada

À mes quatre sœurs
seules porteuses des sangs de père et mère,

et à Normand Chaurette
que rien n'occulte, qu'un rien offense.

PREMIÈRE PARTIE

Crever

1

Vu sous cet angle, cela ressemble à un lac gelé, au moment de l'embâcle. De la glace nauséabonde s'amoncelle près des cheveux de Clarisse. Il n'y a pas de vent; la rivière est sourde. Il n'y a que l'odeur des berges pour fouetter les narines. Clarisse tente de se relever mais la douleur la retient au sol. Elle renonce. En gardant les yeux ouverts, elle peut s'imaginer des tas de choses; en les fermant, les images héritent d'odeurs et de vertiges. Elle continue à pleurer.

C'est l'hiver donc, dans sa tête. Clarisse observe encore une fois l'eau graveleuse. Elle croit voir un ours blanc qui se laisse guider par une sorcière aux pieds nus. Elle ne s'en étonne pas; tout peut arriver maintenant, du moins, dans le maintenant de cette crise. Le poison qu'elle a ingurgité lui brûle les yeux. Elle se croit à la fois ivre et abandonnée. Elle se croit également devenir aveugle ou folle. Comme elle ne peut s'en étonner, elle veut disparaître, s'en aller avec l'ours et la sorcière. Elle aimerait aussi que l'un de ces cailloux qu'elle a rejetés sur le plancher soit son enfant.

Elle crie. Dans les profondeurs de la rivière, une ombre animale rôde, présage une nouvelle crise. Clarisse ouvre grande la bouche. La rivière tente de forcer le passage, mais peine perdue, peine toujours renouvelée mais perdue. Elle a échoué. L'utérus a mal. L'enfant qui n'est pas encore un enfant s'accroche fermement aux parois de sa mère.

Les blessés sur leurs civières font la même chose. Drogués par les sirènes et les lumières rotatives, ils cherchent à tâtons une main secourable. Lorsqu'ils la trouvent, ils la saisissent très fort, en criant des injures au ciel, comme s'ils voulaient fuir le gouffre qui s'est ouvert subitement devant eux, pendant que les lumières de la ville jouent au billard électronique avec leur chance de survie. Clarisse jonche le sol ; son corps se tord. C'est de sa faute ; elle a bu la potion d'une sorcière. Elle voulait tuer l'enfant avant qu'il ne prenne vraiment racine.

En s'accrochant au bord du lavabo, elle parvient à se relever. Sa tête apparaît dans la glace. Ses cheveux sont colorés par la vomissure et ses yeux ont disparu derrière les larmes. Un spasme violent au ventre lui fait perdre de nouveau l'équilibre. L'enfant est fâché. Elle s'endort, puis elle rêve. Une sorcière et un ours apparaissent à l'horizon, cachés de temps en temps par les blocs de glace qui ne bougent plus. Ils s'approchent de Clarisse, contournent les obstacles, disparaissent pour réapparaître plus près encore. Elle peut maintenant sentir leurs odeurs. Ils sont sur la route depuis si longtemps que les peuples qu'ils ont visités ont déposé en eux l'empreinte de leurs épices et de leurs inquiétudes. Elle ne s'effraie pas tandis qu'ils passent devant elle, lui jetant un bref regard indifférent. L'ours grogne, la sorcière semble l'enjoindre de se taire. Ils disparaissent de nouveau. Elle respire à fond. La rivière soulève légèrement la glace. Clarisse se calme. Il y a toujours de mauvais rêves à l'affût. Encore quelques secondes et elle perdra le bruit de leurs pas. Mais le bruit change, une course et un cri, celui de la sorcière. L'ours revient en trombe, la sorcière à ses trousses, dans sa gueule la tête ensanglantée d'un enfant. Il s'immobilise devant Clarisse, ses narines laissent échapper une brume chaude. Clarisse se sent forte dans son rêve. Elle demeure cambrée, défiant la bête. Essoufflée, la sorcière s'arrête près de l'ours.

— Tu as oublié ton enfant, dit-elle d'un ton mi-sévère, mi-sarcastique.

À ces mots, l'ours lance la tête de l'enfant vers elle. Clarisse écarquille les yeux d'effroi en vomissant. Son corps entier s'est mobilisé contre le poison. La sorcière s'enfuit en riant. L'ours n'est plus là. Têtus comme des prophètes, les anticorps se battent contre le poison.

Clarisse frappe du poing le sol. Elle sait que l'enfant en elle est un garçon et qu'il ressemblera à son père. De nouveau près d'elle, la sorcière la regarde en ricanant. La glace éclate. La sorcière se transforme sous ses yeux en un chaman encore plus hideux. Il tourne autour d'elle, ses testicules traînent par terre en faisant un bruit nauséeux. Cet enfant lui fait peur. Elle se redit qu'il est un monstre, qu'il ne peut être que cela, un monstre, une bête vorace.

Au strict plan des faits, elle a tort. Il y a eu coït et elle est tombée enceinte. C'est médicalement acceptable. Un embryon n'est pas un monstre. Il est le résultat biologique d'une rencontre entre un ovule et un spermatozoïde. Les hallucinations et les fantasmes sont également des phénomènes médicalement acceptés. Le meurtre, les tentatives de suicide, les appels à la bombe, les baptêmes et les avortements sont autant d'actes pour lesquels des codes ont été pensés et appliqués. Depuis des soleils et des hivers, des prêtres, mollahs, pandits et Molochs ont écrit et dicté ces codes. Clarisse a donc réellement tort, même si les codes peuvent pâlir ou renaître au rythme des histoires.

Mais Clarisse ne se dit pas tout cela. La douleur ne lui permet pas une telle dialectique. Elle s'est réfugiée, malgré elle, dans une région où rien n'a encore été régi par les prêtres, là où les fantômes ont de quoi faire peur, là où les fantasmes agissent dans les buissons des silences, là où il faut extirper de ses vêtements la peau et livrer bataille sur le terrain des sens, là où l'humanité misérable écoute les pourparlers des angoisses, obéit aux commandements des désirs, des contresens et parfois même aux appels à la guerre. Là où elle pense, assise sur un bloc de glace échoué, le vent fait taire les crimes, les châtiments, les descriptions et les analyses. Clarisse voit passer devant elle des fantômes sans oser répondre à leurs invitations. Elle s'effraie plutôt du moindre bruit, secouée ensuite par sa conscience qui reprend suffisamment de forces pour l'avertir que Jean-Christophe pleure dans sa chambre. Elle l'avait oublié.

« Ne pleure pas, je t'en prie ; j'ai mal à la tête », croit-elle dire à son enfant, mais elle ne sait plus. L'extérieur, l'intérieur, la pensée s'y perd. Clarisse ferme les yeux, essayant d'oublier l'enfant. Elle doit les ouvrir car le vertige est trop fort. Sa peau sent.

Elle s'accroche une deuxième fois au lavabo. L'horizon se stabilise. C'est l'été. Elle se regarde dans le miroir et ne se reconnaît pas. Elle a un corps chétif. N'avoir pas été de sa race, elle serait probablement déjà morte, mangée par un ours, gobée par un oiseau ou tuée par une espérance trop forte. Elle ressemble à la sorcière qu'elle a vue dans son rêve. Elle se met à trembler.

L'idée que l'enfant ait pu entrer en contact avec le poison lui fait éprouver des sentiments de culpabilité et, en même temps, elle ne peut s'empêcher d'espérer.

2

Il y en a pour faire l'éloge de la fuite et dire que, face à nos actes, nous devrions analyser ce qu'ont dit et fait nos ancêtres, les bêtes et les reptiles. Les drames apparaîtraient alors comme des ombres chinoises que les eaux primordiales auraient conservées en mémoire sous une forme homéopathique sibylline. Et pourtant, vu du sol, cela ressemble vraiment à un lac au moment de l'embâcle. D'un côté, les blocs de glace disent «non» et, de l'autre, la rivière martèle son «oui» et se fâche.

Clarisse s'était de nouveau évanouie. Sa tête bourdonne. Ses yeux se brouillent chaque fois que du sang passe devant sa vision. Au loin, quelqu'un l'appelle, non, quelqu'un pleure. Elle se dit à voix haute, comme si on l'écoutait : «Où est-il? Jean-Christophe! Quelle heure est-il?» Ces questions sonnent l'alarme. Comme une enfant prise sur le fait, elle se gronde : «Il va arriver. Simon arrive bientôt!»

Elle panique. Il faut qu'elle prenne sa douche, il faut qu'elle calme Jean-Christophe, il faut qu'elle oublie sa douleur, il faut qu'elle prépare le souper, il faut qu'elle se taise, il faut que Jean-Christophe arrête de pleurer et l'autre, il faudrait qu'il meure.

Elle réussit plus facilement à se relever. Le ventre attend que l'embâcle faiblisse. Elle se déshabille, glisse ses vêtements dans la machine à laver. Elle va ensuite dans la chambre de Jean-Christophe. Elle le prend dans ses bras et il arrête aussitôt de pleurer. Il se colle à sa mère ; l'autre se colle également à sa mère. C'est trop. Elle remet Jean-Christophe dans son lit. Il proteste, s'accroche aux barreaux, veut se relever. Clarisse le renverse et lui met un ourson dans les bras. Elle le semonce :

— Tais-toi...

Il continue. Elle se fâche :

— Tais-toi !

Le cri de Clarisse stupéfie l'enfant qui arrête de pleurer, regarde un instant sa mère, puis se remet à crier.

Clarisse place ses paumes sur ses oreilles :

— Tais-toi...

Son enfant lui ordonne de continuer à l'entendre, et l'autre qui s'accroche... Malgré sa douleur, elle se donne des coups de poing au ventre en implorant l'enfant en elle :

— Va-t-en... je t'en prie...

Jean-Christophe pleure encore. Son visage se déforme sous la colère. Il apprend. Il ne comprend pas. Il ne sait pas qu'il ne comprend pas mais il ne comprend toujours pas. Sa mère s'en va?

Clarisse prend un oreiller et le place sur le visage de son enfant. Elle presse légèrement. Les sons de Jean-Christophe lui parviennent maintenant de très loin, comme de l'autre côté de la rivière, là où il y avait l'embâcle. Et puis plus rien. Clarisse enlève immédiatement l'oreiller. Prise de panique, elle prend son fils qui recommence à pleurer et se colle à sa mère pour lui pardonner son absence. Clarisse aussi éclate en sanglots, sanglots qu'elle laisse habituellement dormir à l'intérieur de ses barricades. Elle l'embrasse et le sert peut-être trop fort contre elle, car il écarquille les yeux, étouffé par le bonheur et la crainte.

3

Quand on dort, on est censé rêver. Clarisse se berce avec des yeux perdus, qui contemplent, qui s'endorment. Sa bouche est entrouverte, sa respiration profonde. Jean-Christophe repose sur les seins plats de Clarisse. Il y a de la moiteur entre les deux corps.

Une femme la regarde. Clarisse reconnaît sa grand-mère, immense, ne sachant plus où placer sa graisse tellement elle est ronde. Enfant, Clarisse aimait plonger dans la poitrine d'Hortense, sentir la sueur qui se formait entre ses seins et que son parfum au muguet ne parvenait pas à dissimuler tout à fait.

Ce souvenir est chassé par un autre. Les yeux de Clarisse ont peur; ils bougent en tous sens. Hortense est étendue par terre. Clarisse est devant elle. Elle a voulu lui faire une surprise. Elle a traversé le champ qui sépare sa maison de celle de ses grands-parents. Clarisse a cinq ans et elle ne parle toujours pas. Sa mère est folle d'angoisse. Mais Clarisse sait qu'elle a raison, que sa mère est la plus méchante des femmes parce qu'elle a laissé s'enfuir son père. «Il est mort», dit sa mère. Clarisse sait que ce n'est pas vrai. Comment peut-elle la croire, Fleure-Ange n'est pas sa vraie mère ; ils sont tous partis, ils sont peut-être tous morts ou simplement absents.

Comme personne ne vient répondre, elle se permet d'entrer. Quelque chose bloque la porte. Elle doit pousser un peu pour arriver à ses fins. Lorsqu'elle réussit à entrer, elle aperçoit sa grand-mère étendue par terre, une aiguille à tricoter dans une main et du sang partout entre ses jambes, le ventre secoué de petites convulsions irrégulières. Clarisse court se réfugier dans le champ d'épis. Elle s'accroupit, et c'est à ce moment qu'elle peut se permettre de crier, comme seules les petites filles savent le faire, quand elles appréhendent pour la première fois ce qui les attend.

Clarisse se réveille en sursaut. Jean-Christophe ne remarque rien. Elle déglutit avec peine, sa gorge ayant respiré tout l'air qu'il fallait pour nourrir son cauchemar. Il fait sombre au dehors. L'heure ! «Il va bientôt arriver!»

Elle place doucement Jean-Christophe dans son lit. La sonnerie du téléphone l'arrête net. Si c'est Simon, il va deviner qu'il se passe quelque chose. Il sait tellement tout. Des bruits au bout du fil trahissent l'ambiance d'un bar. Elle prend une grande respiration ; son corps se cambre. Il dit : «Où étais-tu ?»

— Je dormais.

Un silence de quelques secondes suffit pour signifier à Clarisse qu'elle a tort de dormir tout le temps ainsi. Il lui dit souvent : «Pourquoi tu ne sors pas ? Tu ne connais même pas tes voisins !» Elle ne lui répond pas et se contente de regarder ses mains. Clarisse ne sort jamais. Cela fait partie de son tempérament comme on dit. Elle a toujours eu peur de sortir, peur de manquer le retour de son père, peur de faire des gestes inutiles, peur de changer quoi que ce soit dans la maison par crainte de ne plus se retrouver. Elle peut rester assise des heures durant, à ne regarder rien de particulier, à laisser ses pensées se dissoudre les unes après les autres dans le souvenir.

La musique du bar lance des *«I love you»* à tout le monde, et tout un chacun, s'imagine Clarisse, essaie de faire comme si. Simon finit par dire :

— Ça va ?

Clarisse sait où il veut en venir. Il se fait doux parce qu'il va lui annoncer qu'il ne rentre pas tout de suite.

— Oui, ça va...

— Je ne rentre pas tout de suite, je prends une bière...

«Et tu vas aller te chercher un homme, mon salaud», pense-t-elle. Elle dit plutôt :

— Très bien...

Elle se détend et profite de l'occasion pour imbiber sa voix d'un fiel silencieux, le poison des gens calmes. Simon passe outre et annonce :

— Je ne rentrerai pas trop tard.

— Très bien...

Très bien ! Très bien ! Des escadrons de la mort prennent d'assaut la pensée de Clarisse. Dans l'esprit de Simon, des armées de désirs repoussent la culpabilité que Clarisse fait peser sur ses épaules.

« Si tu pouvais disparaître à tout jamais », se dit-elle.

Elle se sent soulagée. Il va revenir très tard, après avoir trouvé ce qu'elle n'aurait pu lui donner de toute manière. Simon raccroche ; les bruits du bar disparaissent.

Elle ne raccroche pas. Elle appuie le front sur le combiné, comme si elle voulait vraiment se reposer ou pour y entendre des choses merveilleuses, une prière, une promesse ou une prophétie.

L'habitude d'attendre a dompté depuis longtemps sa colère. Lorsque son père était revenu, quelques jours avant le mariage de sa fille, Clarisse s'était sentie désarmée. Le retour de son père ne réglait rien. Il était vieux, fait de chair et d'alcool. Il avait bourlingué, disait-il, sans pour autant dévoiler les détails de ses aventures. Elle ne sut jamais pourquoi son père était parti de la maison et pourquoi il était revenu, et pourquoi il ne disait toujours rien. En le voyant après toutes ces années, Clarisse avait éclaté en sanglots. Non, son père n'était pas celui de ses rêves et il avait ramené avec lui, collé à ses vêtements, l'odeur du mauvais présage.

Elle grimace. Son ventre lutte toujours contre le poison. Elle sort de sa rêverie et raccroche le combiné. Clarisse revient encore une fois d'une absence pour se jeter dans les bras d'une autre. Elle fait quelques pas dans une direction, semble changer d'idée alors qu'elle amorce un mouvement dans une autre direction. Elle s'arrête devant le piano et les photos disposées sur le dessus. L'une d'elles la montre avec Simon et Jean-Christophe. Simon est fier du bébé que Clarisse tient timidement au bout de ses bras. Sur une autre photo, elle est nue, le ventre gonflé par Jean-Christophe. Elle prend cette dernière et la regarde attentivement. Il y a en elle un second enfant. Elle se dit : « Je suis enceinte. » Sa voix résonne et l'écho lui renvoie le rire de la sorcière.

Elle va être obligée de l'annoncer à Simon. Le cadre lui glisse des mains et se brise sur le plancher. Clarisse fixe les éclats de verre ; elle se jure de le crever, cet œuf.

4

Il faut, en premier lieu, jeter le poison dans la cuvette et faire disparaître le contenant dans le fond de la poubelle. Ensuite, prendre une douche et laver le plancher de la salle de bains. Devant la flaque, elle hésite. Elle regarde la masse visqueuse qui ressemble toujours à un lac gelé vu de très haut. Et s'il était là, dans cette flaque ? Elle met ses pieds dans la glaire. La nausée la reprend et son ventre se tord. Non, il est là, en dedans.

Sa détermination est issue d'un langage inaccessible. Face à un cercle de juges, il serait difficile, voire impossible de prouver la préméditation. Elle n'a rien médité, elle n'a même rien pensé. Son esprit a dit non à l'embâcle qui se formait dans son corps. Son esprit lui a ordonné les gestes qu'elle a accomplis sans arrière-pensées.

Elle se place dans la baignoire, ouvre les robinets. L'eau glacée lui assène un coup terrible. Elle crie. Simon a encore une fois laissé ouvert le levier qui actionne la douche. Elle le ferme d'un geste vif en jurant contre lui. Elle halète. Lorsqu'elle est seule, sa colère déferle.

Clarisse demeure recroquevillée dans la baignoire pendant que l'eau glisse au hasard de ses côtes. Elle se dit qu'elle aimerait avoir un homme comme cela, qui descendrait doucement sur son dos, caressant de son membre sa colonne vertébrale jusqu'à ce que le sexe arrive tout en bas, hésitant entre l'animal et le rythme humain. Il la retournerait et, de sa tête, contournerait chacun de ses seins, qui répondrait par une cambrure. Clarisse soupire et se touche, là où l'homme pourrait avoir posé les mains. Tout faire en silence, chaque geste rencontrant chaque fantasme.

Ses pieds sentent fort le lac gelé. Elle reprend contact avec les heures. Elle ouvre le robinet d'eau chaude, puis celui d'eau froide, jusqu'à ce que la chaleur voulue soit atteinte. Elle actionne ensuite le levier de la douche. Elle reçoit une dernière fois l'eau froide demeurée dans les tuyaux, puis la chaleur arrive. Elle regarde ses pieds. L'embâcle se défait rapidement. Elle lève la tête pour se laisser asperger.

L'eau produit les effets escomptés. Elle et l'homme sont unis. Elle s'imagine avoir trouvé l'homme qu'elle voudrait toujours en elle, celui dont le sexe la comblerait de désir et de jouissance. Qu'il reste ainsi, ô qu'il reste ainsi, rêve-t-elle, dans son ventre pour que plus rien ne ressorte, pour que seul le plaisir entre, la nourrisse, les mains de l'homme contournant chaque relief de son corps, la langue de l'homme chatouillant le creux de son oreille, jouir de partout, égoïstement, toujours égoïstement. L'eau de la douche embrasse aussi fort que l'homme. La peau de Clarisse rougit ; l'homme a la barbe forte et lui égratigne les sens. Elle veut s'écarter davantage, qu'il entre en elle pour ne plus jamais ressortir, naître à l'envers, le manger pour qu'il ne recommence plus, pour qu'il reste éternellement en elle, pour qu'il ne parte jamais, ne jamais qu'il parte comme son père a pu le faire, se venger de son père et jouir à cause de son père. Se taire, attendre qu'un autre homme arrive. Attendre que Simon s'en aille.

En boule, au fond de la baignoire, Clarisse est séduite par l'eau. Elle semble penser ou avoir mal, peut-être les deux ; c'est possible puisqu'il y a tant d'antennes pour la douleur et si peu pour le plaisir. Encore étourdie par son fantasme, Clarisse se rappelle les nuits folles de Fleure-Ange, sa mère. Elle l'espionnait souvent, pendant qu'elle et un de ses amants faisaient l'amour. Mais s'aimaient-ils ? Qu'est-ce que deux corps enivrés qui s'enchevêtrent, glauques, ordinaires, fornicateurs, dans le sperme, dans le sang menstruel, tout le temps en train de se laver ? Clarisse se pinçait les lèvres lorsque Fleure-Ange riait aux éclats, ivre et contente de son corps blanc, chaud, femme. Elle se souvient de Léo, la brute aux yeux si beaux. L'homme avait habituellement les yeux fermés, couché sur le dos, Fleure-Ange assise sur lui. Léo ne la caressait qu'en de rares occasions, lui saisissait plutôt les seins pour les secouer, parfois les gifler, lui descendait dans le dos ses ongles qui y laissaient des marques. Fleure-Ange souriait et grimaçait, avait des sueurs. Seul le bassin de Léo semblait faire corps avec elle. Il avait les yeux fermés des gens qui rêvent, et donnait des coups brusques. La mère de Clarisse se laissait emporter par le mouvement, parfois un drôle de rictus déformait ses lèvres. Léo avait une queue monstrueuse aux yeux de Clarisse, d'autant qu'elle demeurait raide bien longtemps après la jouissance. Léo reprenait Fleure-Ange, cette fois par en arrière. Il était insatiable. Clarisse se renfonce davantage dans la baignoire. L'eau est un homme aux mille mains.

Elle se rappelle avoir vu sa mère en sang et imaginé que ses amants lui faisaient mal. Lorsque Clarisse eut ses premières règles, elle pensa que les femmes saignaient de toute manière, comme si cela faisait partie du complot originel dont elle avait entendu parler dans la Bible des hommes.

Clarisse chasse de sa pensée les plaisirs de sa mère. Elle s'imagine être sur une plage. Un homme est en elle, un autre au-dessous et un troisième à son oreille. Ils forment autour d'elle un trio d'amour, ineffable et mystique, le père, le fils et la parole, tous trois sur elle, par elle, en elle et avec elle. Clarisse ne comprend pas ces images de cette façon ; il n'y a que l'homme en elle, celui au-dessous et l'autre à son oreille. Il n'y aurait, dans ses désirs, que le plaisir, la pauvreté des sens du désir et du plaisir, laissant les idées nourrir les jugements des autres.

L'eau devient froide et oblige Clarisse à sortir de sa rêverie. Le réservoir d'eau chaude doit être vide. Elle ferme précipitamment les robinets. Combien de temps est-elle demeurée ainsi ? Quelle heure est-il ? Elle écarte le rideau de douche. La salle de bains est dans le brouillard. Elle veut contourner le lac gelé, mais ne s'est pas rendu compte qu'il a pris de l'ampleur avec le temps. Elle se sent emportée comme s'il fallait qu'elle meure et que le courant était trop fort pour espérer un quelconque sauveteur. Sa tête va choir contre la baignoire. Elle voudrait pousser un cri, mais l'eau de l'inconscience se répand déjà autour d'elle.

Son absence dure juste un moment. Clarisse reprend conscience, sa tête lui fait terriblement mal. Elle se relève, se place devant le miroir. Une mauvaise ecchymose à sa tempe gauche laisse filer un peu de sang. Elle prend une débarbouillette accrochée sur le côté du lavabo, la mouille et l'applique sur la blessure. Au contact de l'eau froide, Clarisse sourit de soulagement, ferme les yeux quelques instants puis repasse la débarbouillette dans l'eau. Elle la fait glisser sur son corps, nettoie les dernières traces de l'embâcle. Le froid lui fait éprouver le contraire de ce qu'elle vit et c'est une sensation enivrante. Elle réussit à rire. En se regardant droit dans les yeux.

5

Elle a fait manger Jean-Christophe. Elle lui a raconté une histoire merveilleuse. Il se rendort, ayant déjà oublié le cauchemar de la journée, l'absence de sa mère.

Elle se rhabille maintenant devant la soirée qui, encore jeune, souffle de vieilles fraîcheurs humides. Elle fait la vaisselle, ramasse la vitre brisée dans le salon, puis regarde tout autour d'elle. Rien n'a bougé, rien ne change, c'est ce qu'elle aime. Le crépuscule traîne sur un mur en laissant des lueurs rosées et âpres. Un oiseau passe rapidement devant la fenêtre ; son ombre glisse au travers des rideaux. Simon dirait certainement qu'on étouffe ; il ouvrirait grandes les portes, laissant entrer sans vergogne la nuit. Il actionnerait le ventilateur et s'assoirait en face ou irait se chercher un verre de jus ou boirait directement au goulot de la bouteille de boisson gazeuse, puis se déshabillerait complètement pour regarder la télévision. Clarisse irait s'asseoir loin du ventilateur. Elle garderait silence ; il émettrait des commentaires sur ce qui se passe dans le monde, toujours les mêmes. Elle hocherait de la tête, se lèverait, il ne porterait pas vraiment attention; ses gestes sont connus. Elle s'assoirait de nouveau, ignorant toujours ses commentaires, chacun étant le cercueil où reposent les habitudes de l'autre.

Clarisse s'approche de la fenêtre et tire les rideaux pour ne plus rien voir ni entendre. Elle s'assoit dans son fauteuil préféré. L'ennui de vivre, la fatigue du combat, le poids de la multitude d'heures à venir l'angoissent en fait si peu. Elle respire parce que ses poumons respirent, elle marche parce que les muscles de ses jambes doivent maintenir l'équilibre. Elle pourrait sortir, elle pourrait être joyeuse, elle pourrait être femme, oiseau bleu, mais son angoisse s'est assise en face d'elle et l'observe avec le sourire énigmatique d'un fauve qui grogne. Et pourtant, elle s'apaise. Les images, les peurs et les ombres prennent une coloration diaphane où chaque chose, qu'elle soit morte ou vivante, hérite du silence. Clarisse se cale dans son fauteuil et attend que le soleil se taise vraiment, là-bas, à l'endroit nommé « horizon », là où elle n'est jamais allée.

C'est fou ce que les rêves peuvent faire alors. Ils vous parlent comme d'autres vous écrivent. Ils mélangent vos problèmes et en font une histoire qu'il vous faudrait écouter sans vous émouvoir. Clarisse rêve.

Sa grand-mère était morte sur le coup. L'aiguille à tricoter avait perforé l'utérus. Il lui avait fallu donner une bonne poussée à la tige. L'incident était revenu à la mémoire de Clarisse à l'adolescence. Elle s'était informée auprès de ses tantes qui lui avaient expliqué, presque en catimini, loin des oreilles des hommes, qu'Hortense avait voulu en finir avec les nombreuses grossesses imposées par le grand-père. L'âge avancé d'Hortense n'avait en rien diminué sa fertilité. On avait dit d'Hortense qu'elle était sorcière et que le bon Dieu l'avait punie.

Dans le rêve de Clarisse, Hortense est couchée sur le sol; son ventre tressaute. Clarisse va se réfugier dans le champ d'épis, là où il y a quelques jours encore un garçon lui avait montré son sexe. Non, ce n'était pas à ce moment-là; elle était plus vieille. Mais dans son rêve, cela n'a aucune importance. En s'accroupissant au sol pour ne plus penser à sa grand-mère, les herbes séchées par le soleil lui avaient éraflé le visage.

Maintenant, maintenant? un homme d'âge mûr l'écrase sur le tapis d'herbes mortes. Cela lui fait un peu mal dans le dos, mais elle accepte de souffrir car l'homme va lui faire l'amour. Il se fait rassurant, mais il lui arrache ses dessous et la prend de force. Le membre ne lui fait aucune caresse; Clarisse empoigne les gerbes de blé tout autour. L'homme s'en va. Clarisse croit qu'il est encore en elle. Elle a quinze ans. Au retour du champ elle prend une douche, jette sa culotte dans la cuvette des toilettes en prenant bien soin de la découper en lanières avec des ciseaux. Clarisse se couche ensuite, tout habillée, et attend que Fleure-Ange revienne de ses courses, les draps entre ses jambes en se promettant que le lendemain, le surlendemain ou bien plus tard, il y aurait un homme qui l'aimerait sans la toucher.

Clarisse ouvre momentanément les yeux. Elle entend, au dehors, un rire de femme, puis un juron d'homme, un enfant qui pleure. Les meubles s'épaississent dans la pénombre. Elle referme les yeux.

Il y a des miroirs. Une lampe plus blanche que le soleil l'oblige à se concentrer sur la poussée. La douleur est forte, mais il faut pousser. Son premier fils va naître. Il faut pousser, il faut être mère, il faut être heureuse, il faut croire. Les infirmières sont contentes pour elle. Simon se tient anxieux à ses côtés, nuisant quelque peu au travail des infirmières car il ne veut rien manquer.

La « vraie » mère de Clarisse est morte en couches à cause d'une maladie bizarre. Clarisse aurait maintenu sa mère en vie, l'utérus gonflé soutenant artificiellement les reins qui ne fonctionnaient presque plus. À l'accouchement, la mort suivait l'enfant, prête à l'ouvrage. Les infirmières encouragent Clarisse qui repense ainsi à sa mère qu'elle n'a pas connue. Dans ses douleurs, elle cherche la main de Simon. Cela va bien.

Et puis plus rien. Les douleurs s'arrêtent. Elle entend quelque chose retentir à ses oreilles. Elle se croit plongée dans l'inconscience ou dans un autre de ses rêves. Elle entend le médecin lui demander si cela va. Elle répond un « oui » provenant probablement d'outre-tombe. Les infirmières s'inquiètent. « Ce n'est pas normal », disent-elles au médecin qui observe intensément Clarisse. Il lui redemande si cela va. Elle ne répond pas. Son corps se ramollit. Sa peau devient blanche. Simon crie : « Clarisse ! » Elle se retourne vers lui et lui sourit faiblement. Un trou s'est ouvert devant ses yeux ; elle ne voit pas Simon. Au moment où le médecin juge bon d'accélérer les choses, Jean-Christophe est éjecté d'un coup sec ; une infirmière a à peine le temps de le saisir dans sa chute. Clarisse entend vaguement le médecin proférer le mot « miraculeux ». Elle s'endort pour de bon.

Puisque les rêves se pourchassent comme des bêtes, Clarisse demeure coite, cachée dans un buisson de son inconscience. Elle et Simon sont au salon, tard dans la nuit. Ils sont ivres. Elle sait que Simon l'aime et qu'il fait de son mieux. Il fait des cabrioles, joue à l'enfant, se met à plat ventre et relève la tête comme un bébé naissant. Clarisse se tord de rire. Simon continue à branler la tête en arrondissant ses yeux pour augmenter l'effet d'innocence. Le rire l'envahit encore davantage. Ils se collent l'un à l'autre. D'autres gestes viennent, des gestes que les adultes confondent avec l'amour, des gestes que les reptiles ont fait avant nous à l'origine du monde. Clarisse se sent soudainement défaillir. Simon est en elle pour la seconde fois en deux ans de mariage. Simon a les yeux fermés,

Clarisse est prise d'un fou rire qui se transforme en panique lorsque Simon approche sa bouche de l'oreille de Clarisse : «Ce serait bien d'avoir un autre enfant, qu'en penses-tu?»

Féline, elle garde sa peur pour elle et découvre ses crocs sous son mutisme. Elle ajoute, plus tard : «Je ne sens toujours rien.» Simon feint de ne pas entendre. Clarisse regarde ailleurs, mais son corps gobe, sait ce qu'il doit faire : laisser aux pensées le soin de dire oui ou non, empêtrées qu'elles sont dans leur vocabulaire d'enfance, et ouvrir les sens pour que les hormones et les liquides préparent la survie de l'espèce.

6

Quelqu'un frappe à la porte de sa conscience. Elle ne veut pas ouvrir. Ses rêves sont étranges. Ils s'amènent l'un après l'autre avec une histoire vraie, un rappel de ses décisions. Ils semblent vouloir la juger, engager un procès contre elle. On frappe plus fort à la porte. Clarisse a peur maintenant. Il fait nuit dans son sommeil ; elle se met les mains sur les oreilles pour ne pas entendre l'ours gratter à la porte. La sorcière frappe de toutes ses forces avec son bâton...

— Eh...

— Qu'est-ce qu'...

Elle se réveille en sursaut. Simon la secoue encore un peu. Elle reprend rapidement conscience. Une crampe, comme un écho dans le bas-ventre, la fait grimacer.

— Qu'est-ce que t'as ? demande Simon.

Clarisse se frotte les bras pour se réchauffer.

— J'ai froid.

Simon la regarde attentivement.

— En plein été...

Clarisse ne relève pas sa remarque :

— Quelle heure est-il ? T'es revenu plus tôt que prévu ?

Simon parle à voix basse :

— Il est une heure du matin...

Clarisse le regarde droit dans les yeux. Il ajoute :

— J'ai rencontré quelqu'un.

— Je sais, ça paraît.

— Ne sois pas méchante.

— Je ne le suis pas. Je constate.

Simon s'éloigne un peu d'elle, va à la fenêtre et ouvre d'un coup sec les rideaux. Clarisse regarde la porte qui donne sur l'extérieur, son dernier rêve tentant de s'entremêler à la pénombre. Simon se maintient à distance et ne la regarde pas pour lui parler. Une fine couche de honte ou d'ennui l'empêche de faire les gestes habituels d'explication. Il dit plutôt :

— Qu'est-ce que t'as à la tête ?

Elle touche sa peau. L'ecchymose fait encore mal.

— Je me suis évanouie et m'suis frappé la tête sur le bord de la baignoire.

Il soupire, puis décide de ne pas accorder d'importance à l'épisode. Il s'est habitué à la santé fragile de Clarisse qui s'évanouit constamment.

Elle s'évanouit quand elle a peur, elle s'évanouit quand elle a chaud. Il lui demande à brûle-pourpoint :

— Pourquoi restes-tu avec moi, Clarisse ?

Elle garde le silence, lassée. Elle se contente de ramener ses jambes et d'appuyer la tête sur ses genoux.

— Tu ne réponds pas...

— Nous sommes mariés, lance-t-elle vaguement.

Simon ferme les yeux. Cela signifie qu'il n'est pas d'accord avec ce genre de réponse et qu'il s'apprête à la relancer. Il va encore réussir à tout embrouiller, pense-t-elle. Il faudra encore qu'elle lui pardonne. Si près de son cœur et si loin de sa parole ; elle croit entendre l'ours gratter à la porte. Rien n'a changé depuis son enfance. Le temps qui passe n'a jamais les espérances souhaitées. À son grand désarroi, Simon lance :

— C'est tout ?

Elle regarde le sol et retient son souffle afin de ne pas laisser paraître son ennui.

— C'est tout. Je suis fatiguée. On parlera de cela demain.

Elle se lève en cherchant des yeux une trace éventuelle de ce qui s'est passé le matin même. Simon lui barre le chemin :

— Comment peux-tu...

Ils se regardent. La flamme de la victoire naît dans les yeux de Clarisse.

— Comment je peux quoi ? Qu'est-ce qu'il y a à dire ? Nous en avons parlé plusieurs fois. Qu'est-ce que je peux rajouter ? Que je te pardonne ? Ça va servir à quoi, à recommencer ?

Elle veut s'en aller, mais il la retient par un bras.

— Ça fait ton affaire, n'est-ce pas ?

— Lâche-moi...

Il ne lui résiste pas. Dans la salle de bains, elle continue son inspection. Elle l'entend s'approcher, actionne en vitesse la chasse d'eau. Elle se détend, regarde Simon qui cherche un moyen de dialoguer. Il se dirige vers la cuvette pour uriner. Elle sort, marche vers la chambre, se déshabille et se jette sous les draps.

— Qu'est-ce qui s'est passé ici ? Ça sent le vomi, crie-t-il des toilettes.

Clarisse se pince les lèvres :

— C'est moi...

Il apparaît dans l'encadrement de la porte de la chambre.

— Qu'est-ce que t'as ?

La dérobade n'est plus permise. Le courant l'emporte vers les profondeurs du lit de la rivière, là où se forme en elle l'embâcle. Simon attend une réponse et elle sait qu'il ne lâchera pas tant qu'elle ne lui aura pas répondu quelque chose de vrai. Autrefois, il était si beau, ses tristesses dans la main, implorant le réconfort. Il savait également lui parler, la rendre sûre d'elle-même parce qu'il croyait en leur avenir, lui qui depuis son adolescence était parti à la quête des mots et des actes à faire, des formules magiques qui le rendraient acceptable aux yeux de tous. Parce qu'il avait été lui aussi rejeté durant son enfance, Clarisse l'avait pris en pitié, s'en était faite la divine protectrice, envers et contre tous les hommes qui rôdaient autour de lui. Trois ans ont suffi pour tout changer. La boutique aux fausses bontés est close ; un chien y monte la garde et montre ses crocs. Maintenant, elle voudrait le haïr, l'empêcher de vivre pour elle. La nausée accompagne l'annonce :

— Je...

Elle hésite, ravale son désir d'en finir :

— ... suis enceinte.

Elle observe l'impact de ses paroles. Il s'agenouille, lèvres entrouvertes sous l'effet de la surprise. Il glisse par terre. Clarisse ferme les yeux. Il est maintenant trop tard pour espérer tuer l'enfant au grand jour.

7

Après quelques minutes dans le clair-obscur de sa pensée, il dit d'une voix qui rampe : «Je te demande pardon.»

Clarisse gronde. Son échine frémit, ses ongles blanchissent. Elle ouvre légèrement les yeux pour mieux discerner les secondes précieuses qu'elle venaient d'hériter avec son aveu et qui s'enfuient maintenant. Elle voudrait pleurer, ne serait-ce qu'une seule fois devant lui ou devant un autre, pleurer ou mourir, faire quelque chose d'inaccessible. Elle s'entend cependant dire :

— Je ne vois pas pourquoi tu t'excuses. Ce n'est pas de ta faute si t'es malade.

Simon relève la tête, furieux de la voir refuser le dialogue. Elle est déterminée à ne pas entrer dans son jeu. Le silence perdure. Ils préparent ce qu'ils ont à dire ou à taire. Semblant avoir pris une décision qu'il ne veut pas dévoiler, Simon se lève et se déshabille prestement.

— Je vais prendre une douche.

Clarisse referme les yeux. Elle entend l'eau, elle entend son cœur et elle devine le combat qui se trame dans l'utérus : des bruits de fers qui se croisent, une bataille entre l'armée des poisons et les soldats de son fils. Elle voit l'embryon lever le pont-levis, enflammer les eaux qui ceignent le château. Peut-être n'est-il pas trop tard. Elle crache du soufre dans l'atmosphère, encourage les barbares, apporte le brouillard.

Elle veut déglutir, mais l'eau a déserté sa bouche. Elle a peur ; elle a toujours eu peur, yeux bouchés dès le commencement de son existence par la peur, montrant ses griffes au moindre bruit suspect et tuant la première innocence venue afin de préserver sa pureté.

Simon revient et s'engouffre sous les couvertures. Par réflexe, Clarisse s'écarte. Il veut la prendre dans ses bras. Elle imagine l'homme qu'il vient de rencontrer et ne peut comprendre que Simon n'observe pas une distance plus respectueuse. Il a gagné de l'assurance. Il a toujours été, lui aussi, plus chat que nature. Il l'enlace comme un prêtre le ferait, s'il lui fallait mimer la réconciliation :

— Je m'excuse, aide-moi, Clarisse. Je suis content d'être avec toi.

Droit devant elle, il faut qu'elle regarde droit devant elle.

— Je sais...

Elle se détend. Il lui caresse les cheveux. Elle déteste faiblir ainsi, mais elle ne veut rien y pouvoir.

C'est cela, ne vouloir rien y pouvoir, plutôt plier tel un roseau qui finira bien par vaincre le chêne. Il glisse sa main vers le ventre de Clarisse, à l'endroit où l'enfant combat les hordes de sa mère. Elle voit bien que, pour lui, ce nouvel enfant représente l'espoir. Il lui demande doucement :

— Depuis quand tu sais que t'es enceinte ?

Toujours droit devant elle. Le souvenir, la honte sont droit devant elle.

— Ce matin.

Elle prend une respiration profonde avant d'attaquer :

— T'as couché avec un homme, ce soir ?

Elle a visé juste. Le coup semble faire mal. Il s'écarte vivement et sort du lit :

— Tu le fais exprès ou quoi ? Tu sais très bien que je n'en suis pas capable !

La colère de Simon qui gronde, sa terrible colère, et surtout ses mots, ceux qui viennent vous arracher les entrailles, la raison et le cœur ! Ses poings sur les murs, les trous qu'il faut constamment boucher. Jamais il ne la touche.

— C'est vrai, j'ai rencontré quelqu'un, mais tu devrais pourtant le savoir, je ne suis pas capable ! Et...

Pleure-t-il vraiment ? se demande-t-elle.

— Je t'aime...

Il se replace à la fenêtre. La nuit a enseveli les actions humaines. Ses cheveux bouclés et noirs, encore mouillés, luisent sous la lune. Simon fait à son habitude, les laisse sécher. Avant leur mariage, il s'amusait à entrer dans le lit en s'ébrouant tel un chien qui sort de l'eau. Comme s'il avait lu dans les pensées de Clarisse, Simon refait le geste. Pendant un court moment, un brouillard perlé l'entoure pour ensuite se déposer, en eau lustrale, sur ses épaules. Simon recommence le manège trois fois. Il renifle. Curieux, se dit-elle, qu'il soit si prude pour pleurer. Une tapette, c'est supposé être une femme manquée. Mais la colère de Simon parle à voix basse :

— Oui j'ai rencontré un autre homme, mais comme d'habitude j'ai bu et... ça n'a pas été très loin...

Elle se dit : «... Pas très loin ! c'est déjà assez éloigné.» Il poursuit :

— J'ai peur des maladies, tu comprends ? Et j'ai peur de te perdre. C'est plus fort que moi. T'es... la plus belle femme du monde, Clarisse, mais je ne suis pas capable de baiser avec une femme. Je... n'aime pas *ça*.

Il a appuyé sur le ça avec dureté, signifiant encore plus le dédain. Clarisse répond sur le même ton.

— Tu n'aimes pas quoi dans *ça* ?

Il se retourne et la toise, regard de fer, gloire du combat :

— Qu'est-ce que t'as, Clarisse ?

— Rien.

— Si c'est ta façon de te venger, pourquoi tu ne dis pas ce que tu penses ? Moi, je suis honnête avec toi.

Le raisonnement de Simon étouffe Clarisse, n'éteint nullement son ressentiment mais réussit à la faire taire. Simon a raison. Il est honnête. Il l'est même trop, se dit-elle, car il pourrait un peu écouter les autres, leur permettre d'être, eux aussi, honnêtes à leur façon. Tout s'embrouille encore. La situation ne s'éclaircira pas. Elle ose dire pour éviter la discussion :

— Je m'excuse. J'ai été malade aujourd'hui. Les premiers symptômes...

Clarisse sent Simon s'alourdir. Elle constate avec colère qu'il ne lâche pourtant pas prise :

— Mais t'aurais raison d'être en colère ; je ne vois pas pourquoi tu ne le dis pas. C'est plus facile de garder le silence, je suppose, ça fait plus mal à celui qui le reçoit...

Il traverse la chambre et vient se placer devant elle. Il prend son sexe qu'il lui montre comme un simple objet.

— C'est mon corps qui parle, pas ma tête. Depuis l'âge de quinze ans que mon corps parle.

Il retourne ensuite à la fenêtre.

— C'est dur la vie, c'est très dur. Je veux avoir des enfants, je veux t'aimer, et si je pouvais, je partirais loin d'ici.

Le ton de Simon monte d'un cran. Avec sa logique implacable, il poursuit :

— Pourquoi tu m'as pas dit que t'étais enceinte lorsque je t'ai parlé au téléphone ? Tu sais très bien que je serais revenu tout de suite ! Comment ai-je pu te croire si longtemps ?

Chacun de ses mots est un calvaire pour Clarisse qui, dans sa tête, lui répond du tac au tac. Ses muscles semblent prêts à bondir. Si elle le pouvait, elle serait vengeresse, lancerait des paroles du tonnerre, ébranlerait chacune des pierres que Simon dépose dans son oreille, vaincrait les démons de Simon, lui extirperait son désir, son grand désir. Elle lui dirait qu'il a tort d'insister, qu'il devrait partir, recommencer sa vie, l'oublier à jamais. Elle voudrait qu'il arrête de la harceler avec ses mots, ses bon Dieu de pourquoi qui ne servent à rien. Elle voudrait lui cracher dessus, lui asséner un coup sur la tête avec le premier objet venu, lui casser la figure, lui arracher les oreilles, lui mordre la gorge, lui enlever la parole, lui crever les testicules, avaler son cœur. Qu'il ne soit plus rien. Et s'il réussissait à survivre, elle ferait tout pour l'empêcher d'être heureux ; elle serait constamment autour de lui, picorant ses entrailles. Elle réussirait à l'abattre et, sur son corps écartelé dans le sang, elle pisserait pour que l'acidité de son urine en finisse avec la passion qui le tenaille.

— Je... ne suis pas certaine de vouloir le garder... il me fait peur !

Il se raidit, se tourne vers elle, sans dire un mot. Elle se croit obligée de se justifier.

— Il me fait peur !

Elle a crié comme elle n'a jamais fait devant lui. Elle se met à pleurer et abdique :

— Il me fait peur, je sais pas pourquoi. Il... va te ressembler...

Ces paroles ébranlent Simon qui s'appuie contre le mur :

— Crisse que t'es méchante ! D'un côté, tu acceptes tout sans broncher, tu es compréhensive, mais à la moindre occasion...

Il frappe le mur, comme pour le prendre à témoin.

— ... tu lances ton vinaigre. Y a pas un homme qui puisse t'aimer autant que moi et tu craches là-dessus comme si ce n'était pas assez.

Il dit son nom très fort, peut-être pour en chasser le démon.

— Clarisse !

Et il s'arrête, essoufflé, les narines gonflées et les veines saillantes au cou.

— T'as pas le droit ! Clarisse ! Dans un mois on déménage dans une commune, et pas n'importe laquelle, une commune chrétienne ! Et tu penses juste à te faire avorter ! Mais qu'est-ce que t'as ?!

Clarisse voudrait ne pas l'écouter, ni permettre à la culpabilité d'écraser sa propre colère. Elle est prise au piège :

— Tu ne m'écoutes pas... j'ai dit qu'il me fait peur. J'ai des visions.

Il laisse filer quelques secondes, puis dit d'une voix qu'il veut sensible, mais tout de même autoritaire :

— T'as pas le droit, on ne tuera personne. T'as pas résisté, il me semble, quand je t'ai demandé si tu voulais un autre enfant. Je ne te comprends pas, je ne te comprends vraiment pas. T'as qu'à partir si cela ne fait pas ton affaire.

Clarisse hausse les épaules parce que tous deux savent qu'elle est faible. Elle regarde au plafond, la rivière monte jusqu'à ses yeux. L'embâcle résiste. L'enfant vivra. Les paroles de Simon sont les paroles qu'elle reçoit et qu'elle garde pour elle, comme une chienne près de sa nourriture protège l'avenir. Elle sèche rapidement ses larmes. Elle regarde Simon qui lui tourne le dos. Sa vie passée avec lui défile sous ses yeux à toute allure : l'enfance, les tourments, les premiers aveux et les premières caresses, son désir d'avoir pour elle un Prince Charmant et la découverte qu'elle accueillait un oiseau malade. Elle avait cru au bonheur avec Simon le Colérique, Simon le Magnifique, Simon aux Yeux bleus, Simon le Tendre, Simon le Drôle, celui qui lui racontait ses aventures amoureuses et qui pleurait dans ses bras en disant : « Aide-moi. » Sa foi en son bonheur provenait de sa conviction que deux êtres aux eaux troubles ne pouvaient que désirer une vie simple et vouloir résoudre les problèmes qui s'entrelacent comme des ramures. Elle se convainc encore ce soir qu'elle a raison, que les difficultés de Simon ne la concernent plus.

Elle continue de l'observer, mais sa parole ne passe pas, ne réussit pas à apaiser ses craintes. Elle préfère donc attendre, comme elle le fait toujours, comme le font ceux qui se croient rejetés par la chance et le sort. Elle dit :

— Viens te coucher, on reparlera de ça demain.

Simon ne bouge pas. Il insiste :

— Pourquoi es-tu avec moi, Clarisse ?

Elle serre les poings sous les draps. Assise dans le lit, le dos appuyé contre un oreiller, seule sa maigre poitrine reste visible. Simon se retourne, y voit peut-être l'incarnation de la fragilité. Clarisse ne sait quoi dire. Il continue :

— Pourquoi tu ne dis rien ?

Elle baisse la tête :

— Nous sommes mariés.

— C'est tout ?

Elle le regarde sans conviction :

— Bien sûr que non. Nous nous connaissons depuis si longtemps, nous sommes liés. Nos destins sont unis. C'est ce qui fait notre force...

— Tu n'y crois pas...

Elle soupire. Encore. Les instants se répètent comme une musique vouée aux sourds. Clarisse ne se défend plus qu'à moitié.

— Oui, j'y crois.

Le regard de Simon l'étouffe davantage. Il repart dans sa quête de mots et de pourquoi. Il lui donne des tas d'explications qu'elle a entendues maintes et maintes fois. Il essaie encore de comprendre. Il insiste, s'obstine. Pourquoi ne se repose-t-il pas ? La vérité n'existe pas quand on a mal, mais il tient bon. Elle ne peut que l'admirer, c'est plus fort qu'elle. Elle s'absente pourtant pour écouter sa sorcière :

— Tu devrais lui dire que tu le détestes.

Clarisse proteste :

— Ce n'est pas vrai.

— Tu te mens à toi-même. Ça ne sert à rien entre toi et moi. Je te devine.

— Je ne le déteste pas tant que ça.

La sorcière rit :

— Comment peux-tu détester à moitié ? Tu vois, tu mens encore une fois. Tu te caches.

— Nous avons tous des problèmes.

— Et tu ne regardes pas les tiens.

— On croirait entendre Simon.

— Dis-le ! Tu le détestes !

— Non !... J'aimerais l'aimer, je ne veux pas le perdre. La vie est comme ça.

— Qui t'a dit cela ?

— C'est toi !

— Tu as mal entendu ! La vie, ma fille, il faut la pétrir ; toi, tu n'es que de la pâte. Comme tu es bonne, tu te laisses aplatir, tu gonfles à la moindre chaleur. *Poor little, little girl...*

— Va-t-en...

Clarisse reprend conscience des lieux et du temps. Son ventre lui fait mal. L'enfant a gagné ; il donne des coups contre les parois de ses premières cellules. Simon ne s'est pas aperçu de l'absence de Clarisse, il croit en l'intensité de chaque instant, comment pourrait-il en être autrement pour lui ? Comment peut-on vivre autre chose que l'incontournable Douleur ? Il s'obstine, bien sûr, il appuie les pieds dans le sable de l'incertitude et tente d'arrêter les vagues. Il continue à parler, mais est passé du coq à l'âne. Il ne parle pas de l'enfant. Il raconte sa soirée, ce qu'il aurait voulu faire et ce qu'il n'a pas fait, du moins à peine, les yeux fermés. Simon semble croire que cela suffit à le disculper. Il raconte le tout à Clarisse comme un garçon se confierait à sa mère. Ses paroles sont franches et elles font mal.

Pourtant, se dit Clarisse, elle le sait trop bien, demain ou après-demain, il recommencera. Dans son ventre, on ramasse les corps des soldats. Simon s'est tu, ses doigts se promènent sur la mousti-quaire de la fenêtre. Des insectes cosmopolites s'y sont déposés et ils ne s'enfuient que lorsqu'ils y sont contraints par les doigts de Simon. Ils vont se reposer un peu plus loin sur le grillage.

Simon secoue une dernière fois ses cheveux. Dans le silence de la chambre, cela a l'effet d'une volée d'oiseaux sauvages qu'un bruit suspect a levés. Clarisse l'observe. Elle ne le voit cependant pas sourire. Il dit sans se retourner :

— Comment on l'appellera, notre garçon ?

Elle serre les lèvres. Elle se dit qu'il est étrange qu'ils sachent tous les deux que ce sera un garçon. Elle ne veut pas le nommer. Qu'il demeure ainsi sans nom et sans visage, que le silence soit sa vie. Elle pense à cette commune où ils vont habiter. Elle n'arrive pas à se faire à l'idée de quitter leur maison. Simon s'en va en guerre contre lui-même.

Puisse-t-il disparaître à jamais de sa vie s'il découvre la foi.

En elle, le nouveau roi prend possession de son royaume. Il fait pendre les traîtres. La reine mère fulmine en parcourant les hautes tours, préparant sa revanche. L'été se dessèche. Autour du château, les oiseaux n'osent plus hanter les corniches.

DEUXIÈME PARTIE

Les Jardins de Salomon

1

S'il fallait que tous le sachent, s'il fallait qu'ils voient dans ses yeux ce qu'elle avait fait là-bas, dans son ancienne maison. Le vent était trop fort dans ses pensées. S'il fallait que tous le sachent, elle pourrait peut-être y puiser le courage de mettre fin à ses jours...

La famille Major était arrivée aux Jardins de Salomon au début d'août. On avait organisé pour elle une petite fête pendant laquelle Clarisse était demeurée coite, souriant poliment, serrant dans ses bras un Jean-Christophe qui n'arrêtait pas de pleurer. Les gens paraissaient gentils, mais elle n'en avait cure. S'il fallait qu'ils le sachent tous, on ne lui permettrait plus rien.

Les Jardins de Salomon n'avaient de jardin que le nom. La commune logeait dans un couvent désaffecté, vendu par des religieuses affolées qui fuyaient l'impiété de l'époque. Clarisse et Simon avaient hérité de pièces agréables au dernier étage. Peu d'objets trahissaient l'ancienne présence des religieuses : une croix oubliée au-dessus d'une porte qui avait la qualité d'être assez vieille pour se teinter de romantisme, des planchers au vernis impeccable, poli avec les genoux de la dévotion, une chapelle austère dans laquelle l'écho réinventait les voix esseulées des nonnes, parfois, un craquement velouté, tard dans la nuit, lorsqu'on se promenait dans un couloir désert tandis que la lune pourchassait les ombres. Le reste, les robes noires durant les temps de canicule, telles des taches violentes face à la lumière divine, les tourments et les allégresses de la congrégation n'avaient plus droit de cité entre les murs de la nouvelle commune.

Il n'y avait que le cimetière enfoui dans la forêt avoisinante pour ramener les religieuses près de leur ancienne demeure. Clarisse les avait aperçues le lendemain de son arrivée aux Jardins. De la fenêtre de sa chambre, elle les avait regardées marcher silencieusement, portant des fleurs aux disparues. Une sœur avait levé les yeux en sa direction, ne quêtant probablement pas autre chose qu'un souvenir qu'elle cherchait à soustraire des murs ou de sa mémoire. Leurs regards s'étaient croisés et la religieuse lui avait souri. Clarisse avait préféré fermer les volets. Au même moment, les sœurs avaient entonné des prières, enchevêtrées comme des guirlandes pour le bon plaisir de Dieu. Clarisse avait écouté le chant disparaître vers la forêt, se pinçant les lèvres, résolue à ne pas comprendre ce qui la tourmentait.

Les règles qui encadraient le fonctionnement de la commune n'étaient pas nombreuses. Chacun devait subvenir au soutien de sa famille. Une fois cette condition respectée, on fusionnait les salaires afin de les redistribuer entre les familles. Ceux et celles qui étaient au chômage devaient s'occuper de l'entretien du bâtiment et prenaient en charge le potager. Les femmes enceintes étaient dispensées des tâches astreignantes, ce qui laissa à Clarisse la latitude voulue pour s'adapter à son nouveau milieu. Elle était encore fâchée contre Simon pour les avoir délogés de leur maison. Il marchandait avec l'espérance, elle le savait. S'il avait pris part, dès son arrivée, aux assemblées de prière de la commune, il ne se sentit pas moins très vite à l'étroit dans le décorum et le rituel qu'on avait empruntés à l'église orthodoxe et aux Beatles. Après deux semaines, il évita le plus possible les activités religieuses en s'enfermant, lui aussi, dans un mutisme qu'il ne brisait qu'à l'heure des repas pris obligatoirement, une fois sur quatre, en commun. À cette fréquence, tour à tour, c'était l'heure du déjeuner, du dîner et du souper que l'on prenait ainsi avec tout le monde. Chacun apportait les éléments nécessaires à son propre repas, mais comme pour les salaires, tout était partagé. L'ambiance de ces rencontres plus ou moins improvisées n'était jamais la même. Cela donnait droit à un mélange de sommeil et de bonne humeur le matin, à un repas simple et solitaire le midi, puisque la plupart d'entre eux travaillaient à l'extérieur, et le soir venu, le repas ressemblait tantôt à une bataille rangée, tantôt à d'émouvantes et hystériques séances de pardon. À défaut de compréhension, le silence et la foi offraient le ciment nécessaire à la cohésion de la commune.

Simon partait travailler de bonne heure. Il était éducateur spécialisé auprès de jeunes délinquants. Clarisse ne se levait qu'après son départ. Lorsque le repas en commun tombait le matin, on venait frapper doucement à la porte et une voix respectueuse appelait. Clarisse arrêtait ses gestes, respirait à peine, en appuyant parfois sa paume sur la bouche de Jean-Christophe pour qu'il ne révélât pas leur présence. La voix n'insistait jamais et Clarisse soupirait de soulagement.

Au retour, Simon la retrouvait invariablement assise dans sa chaise berçante, Jean-Christophe dans ses bras ou jouant à ses pieds. L'enfant réagissait immédiatement à l'arrivée de son père, voulant qu'il l'enivre en le lançant très haut dans les airs, au bout de ses bras. Clarisse faisait semblant de sortir de sa rêverie en se remettant à l'ouvrage.

Les premiers mots qu'ils échangeaient étaient brefs, parfois sifflants. Clarisse ne pensait qu'à son silence, se munissait de patience pendant que Simon prenait la parole, racontait sa journée tout en passant des commentaires discrets sur l'état des pièces. Il ne comprenait pas Clarisse qui refusait de décorer l'appartement. Plusieurs boîtes n'étaient pas encore défaites après deux semaines. Elle ne cessait de lui répondre : « J'ai le temps. » « C'est ça ton problème », rétorquait-il. Mais elle passait outre. Elle demeurait immobile sachant que Simon finirait par se fâcher et faire lui-même la décoration, ce qu'il fit un soir. Les membres de la commune connurent alors la colère de Simon. Certains tentèrent de l'apaiser mais furent mis à la porte. Durant quelques heures, Clarisse suivit docilement Simon, pièce après pièce, en esquivant à peine ses coups verbaux et se soumettant à ses directives. Elle n'avait jamais tenté de rétorquer quoi que ce soit. C'était plus facile de ne pas répondre et d'acquiescer. De toute manière, il finissait par adoucir le ton, parfois par s'excuser. Simon n'était pas méchant; il était intempestif, pouvait trouer les murs, blesser les cœurs, mais jamais il ne l'aurait touchée. En fait, elle arrivait facilement à le désarmer par son mutisme.

☐

Autrefois, lorsque le ciel regorgeait d'oiseaux squelettiques, que le sol tremblait sous le poids des bêtes ruminantes et que les mers n'étaient qu'un bouillon acide et vert, la Faiblesse était exclue du festin des dieux. Elle errait, se nourrissait des restes de cadavres, et encore en était-elle chassée par des bactéries aux armures impénétrables. Une bête tombait malade qu'une autre la faisait aussitôt disparaître sans que la Faiblesse n'ait eu le temps d'y bâtir un royaume à sa mesure. La vie se propageait selon des règles simples et brutales.

Les temps avancèrent d'un long pas; des comètes firent trembler le sol, évinçant les grandes bêtes. On vit les mammifères et les batraciens occuper les nouvelles vallées. La Terre devint plus silencieuse, verdoyante, mais restait toujours aussi féroce. Et la Faiblesse demeurait une déesse éphémère, effleurant la vie timide des bêtes qui périssaient, englouties sous des avalanches de crocs. Parfois, de violentes tempêtes ravageaient des continents entiers, détruisaient les frêles structures d'une espèce prometteuse, forçant les survivants à devenir plus forts, à se battre et à n'avoir aucune pitié.

Les temps avancèrent d'un autre long pas. La Faiblesse devint un fantôme plus rachitique qu'un chien abandonné. Elle errait la nuit, servait d'abri aux semences évanescentes qui séchaient néanmoins le jour venu. Il n'y avait pas de place, ni dans le souvenir des espèces, ni dans leur ADN pour la Faiblesse. Les forêts étaient l'arène d'une vie gourmande, les océans, le lieu de combat de titans, le ciel et la terre se gavaient d'harmonie sous l'œil implacable de Iahvé. La Faiblesse allait sans doute mourir tant la Force et l'Optimisme régnaient sur le Progrès du Monde. On chantait déjà des hymnes soviétiques dans les terriers ; on dansait sans mœurs et sans remords, les cornes et les ongles noircis par le sang.

Les temps avançaient toujours, troquant le labyrinthe de l'aléatoire contre l'ordre du Monde. Iahvé était repu, son ventre sentait l'humus. Et il s'ennuyait. Il vit passer la Faiblesse, plus ombre que la mort qui cherchait des restants de cadavres.

Amusé, il souffla dessus, la pauvre fut emportée très loin, dans les profondeurs de la sombre Afrique. Elle échoua dans un arbre, faisant peur aux feuilles combattantes. Elle regarda autour d'elle, désabusée. Elle remarqua un singe qui gisait au pied d'un arbre, la tête noyée dans son sang. La forêt était bruyante, cachait la présence d'un jaguar qui rôdait tout près, calculant déjà la force nécessaire pour donner l'assaut final au singe blessé. La bête s'élança en rugissant. Blasée, la Faiblesse allait détourner la tête lorsque, provenant d'on ne sait où, un long bâton frappa le poitrail du jaguar. La bête fut terrassée sur-le-champ. Plus rien dans la forêt n'osait bouger tant le sacrilège semblait énorme. Puis, trois singes s'approchèrent du fauve, s'assurèrent du bout de leur bâton pointu qu'il était mort avant de le dépecer sur place. D'autres singes apparurent et se dirigèrent vers le blessé qu'ils transportèrent ailleurs.

La Faiblesse les suivit, reniflant et léchant le sang du blessé. Les singes s'étaient construit des abris sous les arbres. On achemina le malade dans une hutte. Lorsque tous furent endormis, la nuit venue, la Faiblesse s'aventura dans la hutte. Le singe blessé était seul et gémissait. Elle entra dans son esprit. Elle eut tôt fait d'apercevoir l'Intelligence, affamée elle aussi d'un royaume. La Faiblesse se tapit dans une région obscure. Et de là, lorsque l'Intelligence arrêtait son combat, la Faiblesse susurrait au singe des mots étranges : ruse, silence, vengeance, calcul, bienséance, ressentiment, blessure.

Pendant les jours qui suivirent, la bête malade fit de longs rêves tourmentés. Les autres singes écoutaient abasourdis les échos de ses gémissements qui faisaient même taire la forêt.

La convalescence du singe dura une saison ; on le nourrit, le lava et le protégea. Lorsqu'il se leva enfin de sa couche, les singes virent dans ses yeux une lueur nouvelle et on le craignit.

Depuis ce temps, la race humaine protège ses faibles. Ils sont génies, écrivains, hybrides issus de la violence, de l'esprit et de la peur. Ils sont ministres, prophètes et sans muscles. Ils gouvernent les gens-qui-vivent-avec-la-viande. Ils sont prêtres, dévots, reines. Ils président en silence, marionnettistes rusés, aux destinées des brutes, des gens en santé et des sportifs. Ils envoûtent les optimistes et placent dans leur esprit la Tristesse et la Conscience. Ils endorment de leur musique le Destin qui en oublie de tourner sa roue infernale. Le Bien triomphe alors, devient lui-même une personne de guerre. La Faiblesse s'amuse, se tourne contre lui et parle aux diables. Il n'y a, depuis ce temps, plus aucun destin pour les gens forts et les déesses.

Que de bonté dans les yeux de Clarisse, que de patience et de colère. Que d'insouciance dans les pensées de Simon le Fou. Clarisse attendit que l'orage passe comme ses ancêtres le lui avaient enseigné.

☐

Simon était depuis longtemps passé maître dans l'art de décorer une pièce avec peu de moyens. Il appelait cela faire ses décors de scène et l'effet était toujours réussi. Cette fois, il ne resta pas chez lui à admirer son travail. Il avait fui vers la ville, dans un bar d'hommes, regardant les yeux des solitaires, cherchant une âme à qui prêcher ses propres vérités. Il était rentré tard et s'était couché sans dire un mot.

Deux semaines, deux silencieuses et éternelles cadences de journées ensoleillées passèrent au-dessus des hommes et des femmes qui rêvaient de nourriture, d'eau, de vent, de révélations religieuses ou qui s'absorbaient dans des pensées contraires, mues par l'ombre et l'étouffement, nourries par les entrelacs des émotions ténébreuses, souvenirs des peurs vécues dans les forêts ancestrales. La frayeur était pour Clarisse son soleil ; l'enfant possédait les dons du cancer et la force des fauves, croyait-elle. L'intestin faisait, contre son gré, de la place à la progéniture nouvelle. Sa respiration refoulait dans ses narines des odeurs incroyables ; elle voulait constamment vomir et rêvait à des sorcières vaudou, incas, urbaines qui s'associaient à elle pour manigancer un bref destin à l'enfant. Sa haine n'avait d'autre échappatoire que la peur. Le sang qui coulait dans ses veines lui rapportait fidèlement à l'oreille les préparatifs des régions plus basses, le lent fleuve qui n'accepte aucun delta, qui ne plonge que plus avant vers l'océan, regorgeant de fertilité, de vie glaciale et imperturbable.

Lorsqu'elle avait ces cauchemars, elle ne parvenait jamais à crier ; ses yeux s'ouvraient brusquement et la réalité de la nuit prenait les allures d'autres sorcières qui l'obligeaient à retourner dans l'enfer de ses rêveries. Parfois, l'enfant dansait devant ses yeux, une bouteille de poison à la main, et déversait sur elle le liquide qui lui brûlait les entrailles. Puis il s'accroupissait sur le ventre maternel, tel un homme fier de sa virilité, léchait chaque goutte de sang que les plaies offraient, pointait son membre sur les lésions les plus profondes et y jetait une semence acide et nourrissante.

Pendant quelques jours, Clarisse eut de la fièvre. Elle eut vaguement conscience qu'une femme venait durant la journée s'occuper d'elle et de Jean-Christophe. Elle se crut encore une fois sur le point de mourir et elle adora l'idée au point de bénir la chaleur de la fièvre. Elle eut des visions, des Christ dans des forêts devenaient des arbres saignants, des fées noires et des elfes roses crevaient les eaux de femmes enceintes couchées sur des nénuphars. Elle vit un œil scruter avec une lumière éblouissante l'intérieur de ses yeux. Elle oublia ensuite l'univers. Ses pensées lui contaient des histoires à dormir debout, face aux vents des falaises, ceux qui peuvent vous emporter vers le ciel si vous vous laissez tomber. Elle vit une procession de religieuses n'ayant gardé que leurs voiles, tenant des aiguilles à tricoter dans une main et, de l'autre, faisant le signe de la croix. Elles se dirigeaient vers un autel ensanglanté, dans une vallée obscure. Son enfant y trônait, les mains jointes, les yeux vitreux tournés vers le ciel. Sous sa peau, transparente et exsangue, battaient à tout rompre de multiples veines. On eut dit un insecte. Les sœurs s'approchaient en chantant une complainte et lorsqu'elles atteignaient enfin l'autel, elles déposaient aux pieds de l'enfant leurs aiguilles à tricoter qui, au contact du sol, se métamorphosaient en serpents. Les bêtes mordaient aussitôt les religieuses qui en mouraient. Les cadavres finirent par couvrir l'immense vallée, une odeur de sainteté planant tel un fantôme pourchassé par de fortes exhalaisons de fiente et de décomposition.

Dans sa fièvre, elle appelait à l'aide. Simon s'approchait, lui épongeait le front avec une débarbouillette froide. Inconsciente, elle cherchait à le griffer et à lui donner des coups.

2

Elle se réveille. Elle respire fortement. La lumière du jour encore grise s'étire, tout comme Clarisse, tout comme des chats qui n'ont pas bougé depuis des heures. Elle sent le corps de Simon qui dort près d'elle. Le réveille-matin sonne. Elle referme les yeux, devine Simon en train de se réveiller, se retourner vers elle, lui mettre la main sur le front, hésiter un instant, puis se lever et faire silencieusement ses préparatifs pour aller travailler. Elle entend quelqu'un frapper à la porte, ne peut comprendre ce qui se dit car on chuchote. Simon quitte l'appartement un peu plus tard. Elle se lève. Un étourdissement lui indique qu'elle est restée couchée trop longtemps. Elle va aux toilettes, évite de se regarder dans le miroir.

Elle s'enquiert ensuite de Jean-Christophe qui dort dans sa chambre. Elle le prend et l'embrasse sur le front. L'enfant se blottit instinctivement contre sa mère. Clarisse chantonne, voulant à tout prix reprendre contact avec une réalité moins cauchemardesque. Jean-Christophe l'aide souvent, sans le savoir, à calmer ses angoisses. Elle n'a qu'à le ramener près d'elle pour qu'il absorbe son anxiété. Elle lui fait parfois des prières en l'embrassant comme une chatte lèche ses petits.

Elle le remet dans son lit. Il se réveille et lui sourit. Elle lui sourit à son tour. Il se lève en s'accrochant aux barreaux. Elle le reprend, change sa couche et lui prépare à déjeuner. Elle lui parle.

— Maman a été malade.

Assis dans sa chaise haute, Jean-Christophe lui sourit. Il lui présente sa main qu'elle embrasse.

— Ce n'est pas grave. Je suis rétablie maintenant.

L'enfant essaie de lui dire qu'il l'aime en ouvrant les bras et en regardant le plafond. Puis, il est attiré par la fenêtre et les ombres qui s'y promènent. Il pousse un cri.

Elle l'observe, s'apaise. Plongée dans le souvenir de ses cauchemars, elle n'entend pas que quelqu'un vient d'entrer dans l'appartement. En se tournant pour prendre un chiffon sur le comptoir, elle se trouve face à face avec une femme qu'elle ne connaît pas et qui sursaute en l'apercevant, toute nue dans la cuisine.

— Oh ! pardon, dit la femme, je ne savais pas que tu étais réveillée et... rétablie...

Elle est confuse et rougit.

— ... en principe, j'aurais dû être là depuis le départ de Simon...

En fixant la nudité de Clarisse et devant son silence, elle ajoute :

— Peut-être préfères-tu que je revienne plus tard ?

Prenant conscience de son apparence, Clarisse place comiquement le chiffon devant sa poitrine.

— Non, non, dit-elle en souriant, je suis un peu surprise. J'ai été malade, c'est ça ?

La femme fait un signe affirmatif.

— Une sorte d'empoisonnement très rare, a dit le médecin.

Le sang de Clarisse devient froid.

— À quoi ? dit-elle sèchement.

La femme hausse les épaules.

— Je n'ai pas très bien compris... faudra que tu demandes à Simon. Au fait, je me présente, Isabelle. C'est moi qui me suis occupée de Jean-Christophe.

Clarisse se pince les lèvres comme elle le fait chaque fois qu'elle ne veut pas admettre une faiblesse. Elle dit sans conviction :

— Merci.

— Ce n'est rien, faut s'entraider.

L'immobilité de Clarisse rend Isabelle mal à l'aise. Clarisse ne fait aucun geste d'invitation et reste debout comme si elle voulait l'empêcher d'avancer plus avant dans la pièce. Isabelle tente une diversion :

— Tu te sens mieux ?

— Oui, je crois. Mes cauchemars sont terminés.

— Je ne comprends pas...

Clarisse dévisage Isabelle :

— Moi si.

Clarisse ne laisse aucune prise à l'amitié que lui tend Isabelle. Cette dernière comprend qu'il lui faut quitter les lieux.

— Bon, si tu as besoin de moi, j'habite à côté.

— Merci pour tout.

— Viens prendre un café dans la journée, lance Isabelle, on jasera.

Clarisse sourit faiblement.

— D'accord.

Clarisse reconduit sa voisine à la porte. Avant de sortir, Isabelle se retourne et fixe la nudité de Clarisse :

— Tu devrais t'habiller. On est peut-être en été mais t'as été malade...

Clarisse se contente d'un sourire glacial. Isabelle sort, penaude. Clarisse va chercher Jean-Christophe, fait quelques pas dans le salon, berçant son enfant qui babille, prêt à offrir ses royaumes à sa mère.

Elle retrouve son calme. Sa fièvre lui aura paru éternelle. Elle serre Jean-Christophe contre elle, passe sa main dans son dos, suit les courbes de l'échine, pose son menton sur sa tête. Elle peut sentir la lumière et l'odeur de son fils qui planent autour de lui, tels des anges protecteurs. Elle lui redit : « Ce n'est pas grave, je suis rétablie maintenant. » Or s'il fallait que tous le sachent... Cette pensée la replonge, quelques instants, dans l'écho de sa fièvre.

Les heures s'inclinent tout de même, une après l'autre. Clarisse continue tout ce temps à se promener lentement. Elle caresse son enfant qui prend goût à la chaleur de sa mère et finit par s'endormir. Elle s'assoit et le berce, puis le recouche.

Les bruits du couvent parviennent, affaiblis, jusqu'à elle. Elle entend des gens rire, des portes se refermer, un bébé pleurer. Elle sait qu'on ne la dérangera pas, qu'elle peut rester ainsi, toutes ces heures, à laisser filer entre ses doigts le sable qui nous tient en vie. Mais l'extérieur l'attire : le soleil force le passage entre les volets. La poussière s'insinue dans les interstices formant une congère atmosphérique et ciselée. Elle ouvre un volet, s'appuie sur le rebord.

Elle rejette la tête un peu en arrière, offre sa poitrine nue aux rayons du soleil. Résonnent en elle une multitude de souvenirs : le champ de son enfance, Hortense, sa grand-mère, le viol perpétré par le vieil homme, mais surtout ses séjours furtifs au ruisseau près de la forêt où elle allait se coucher, toute nue, la tête en aval, les jambes écartées pour mieux endiguer l'eau d'amont.

Ce souvenir en ramène un autre, un de ses rares instants de bonheur. Un garçon l'avait aperçue, un jour, dans le ruisseau. En le remarquant à son tour, Clarisse avait fait fi de toute pudeur et avait écarté davantage les jambes. Comprenant sa chance, le garçon s'était déshabillé et, comme s'il provenait des hauts glaciers, avait suivi le courant. Sa jouissance consommée, le jeune garçon était reparti, laissant sa petite culotte près des vêtements de Clarisse.

Des champs s'étendent langoureusement en face de l'ancien couvent. Une brise y pose la main, faisant ondoyer les herbes passives. Clarisse laisse entrer la lumière dans ses pores et frotte doucement son bassin contre le bord de la fenêtre. Elle s'imagine être les herbes, et le garçon du ruisseau est le soleil chaud et dur. Ils dansent, la langue du garçon pourchasse les ombres de ses poils. Elle se laisse goûter. Elle demeure ainsi quelque temps, le vent rôdant autour de ses seins, l'humidité naissant par-delà la retenue. Ses désirs chassent la fièvre ; il y a si longtemps qu'elle n'a pas fait l'amour. Elle se masse la poitrine comme si elle voulait y imprégner la chaleur du soleil. Elle se souvient de son premier amoureux, un peu brute, mais quel baiseur... Elle cherche à revivre ses nuits folles où les sens commandaient à sa raison.

Dans un instant de conscience, elle aperçoit un homme qui la regarde, une pioche à la main. Il a cessé de labourer le petit jardin en face du couvent. Il a mis sa main au-dessus de ses yeux pour mieux l'observer. Clarisse le trouve beau. Il sourit. De là-haut, elle peut constater qu'il a une érection. Elle place rapidement ses bras sur sa poitrine. Il rit. Elle lui répond en souriant, puis va s'occuper de Jean-Christophe qui s'est mis à pleurer.

La nouvelle du rétablissement de Clarisse se répand rapidement. Chacun vient faire de secondes salutations. Clarisse ayant laissé planer sur l'établissement l'ombre de sa maladie, sa guérison allège considérablement l'atmosphère. Rendue de bonne humeur par le soleil, Clarisse accepte d'emblée ces gens chez elle. Isabelle et Vincent, leurs voisins immédiats, sont les premiers à se présenter. Clarisse se croit obligée de s'excuser de la froideur avec laquelle elle a reçu Isabelle le matin même.

Serge et Christine, qui habitent les appartements juste au-dessous, arrivent ensuite. Clarisse contient mal sa surprise lorsqu'elle reconnaît l'homme du jardin. Il lui lance un clin d'œil pendant que Christine fait les présentations, lui baise la main comme le font les gens éduqués et en profite pour glisser son index sous sa paume. Elle retire aussitôt sa main. Plus tard, Clarisse rencontre Charles et Raymonde, Jean le comptable de la place, David et Solange, et elle oublie les autres. Les noms de leurs enfants n'ont pas le temps non plus de se graver dans sa mémoire.

Personne ne peut lui dire avec précision ce qu'a été sa maladie et chacun la réfère invariablement à Simon qui les a maintenus dans le vague. La journée passe très rapidement et la paix revient dans son cœur jusqu'à la tombée de la nuit.

□

Clarisse prépare le souper lorsque Simon arrive en trombe, ayant su par les autres que son épouse était rétablie.

— Comment ça va ? lui dit-il en l'embrassant sur le front. Elle tente un sourire :

— Je crois que ça va aller.

Elle ne veut pas admettre qu'elle va très bien. Elle ajoute aussitôt :

— Qu'est-ce que j'ai eu ?

Simon hausse les épaules.

— Le médecin pensait que tu t'étais empoisonnée mais les résultats ont été négatifs. Ça doit être le stress. T'as fait des tas de cauchemars et tu parlais sans cesse dans ton sommeil.

Elle se raidit tout en essayant de ne rien laisser paraître.

— Qu'est-ce que je disais ?

Simon prend Jean-Christophe dans ses bras et le soulève dans les airs. Jean-Christophe devient encore une fois un oiseau, remerciant son père à sa manière, en criant de lui donner encore des ailes. Simon arrête le jeu :

— Tu disais constamment : « Pardon, je ne recommencerai plus. »

Simon est trop curieux pour en rester là et elle attend la suite avec appréhension. Mais il ne dit pas autre chose. Elle panique, se demandant ce qu'il manigance. Il continue de lancer Jean-Christophe dans les airs. Elle se fâche :

— Arrête, tu vas le faire vomir.

Il hausse les épaules.

— Tu dis cela depuis qu'il est au monde et il n'a jamais vomi une seule fois.

Il arrête tout de même son jeu et replace Jean-Christophe dans son parc. Encore étourdi et heureux, l'enfant constate, hébété, qu'il est de nouveau seul. Simon entreprend d'ouvrir les volets de l'appartement.

— On étouffe ici, faut faire partir la maladie !

L'air encore chaud de la journée entre en chassant la poussière. Simon fait à son habitude ; il se déshabille, ne gardant que son caleçon, va au réfrigérateur, boit à même le goulot de la bouteille d'eau froide qu'il garde toujours pleine :

— L'eau ! Hostie que c'est bon !

Il replace la bouteille dans le réfrigérateur, récupère dans sa chambre une petite boîte métallique, ouvre la télévision juste à temps pour les nouvelles, s'assoit, soulève le couvercle de la boîte et entreprend de se préparer un joint. Il dit joyeusement :

— Il ne s'est rien passé de grave sur la planète pendant que tu étais malade. T'as rien manqué.

Clarisse n'en croit rien. Simon allume sa cigarette calmante.

3

La nuit venue, les murs ressemblent à une mélopée lancée dans les bourrasques de l'écho d'une grande vallée. Les pensées y plongent, kamikazes, et celles qui les suivent en font autant jusqu'à ce que l'on s'endorme. Des murmures se frottent aux montagnes et aux falaises, en criant, tels des damnés, le souvenir de leurs jouissances. Clarisse regarde le plafond de la chambre. Simon dort profondément à ses côtés.

Elle a préparé le souper, nourri Jean-Christophe, lavé la vaisselle avec Simon qui ne voulait pas la faire trop travailler. Il est ensuite parti rencontrer les autres membres de la commune. «Pourquoi ne viens-tu pas avec moi?» Elle avait fait non de la tête : «Demain.» Il l'avait regardée puis s'en était allé sans insister. Quelques instants plus tard, on frappait à la porte. Serge venait voir si tout allait bien. Il avait conservé son petit sourire en coin comme si l'épisode du matin avait suffi à les rendre complices. Elle lui répondit que tout allait bien puis se tut, attendant qu'il dise à son tour quelque chose. Il n'en fit rien, s'apprêtant déjà à la quitter.

— Entre, dit-elle précipitamment.

Il la regarda avec des yeux froids. Aussitôt la porte refermée, elle défit sa ceinture. Il la laissa faire. Elle baissa son pantalon, fit descendre la culotte et se jeta sur le sexe qui durcissait. Serge sentait bon, l'odeur d'un homme qui a pris soin de se laver. Il la releva et l'embrassa, la poussa contre la porte en la pressant sous son torse. Fébrile, il tâtonna pour descendre la culotte de Clarisse et mit un doigt dans son sexe. Il entreprit de le masser gentiment, sortant de temps en temps son doigt pour caresser la peau tout près de l'anus, revenant ensuite au sexe, pressant tantôt le fruit, pèlerinant tantôt vers les autres muqueuses. Elle gémit, fit éclore sa peau. Elle agrippa les fesses de Serge, le ramena vers elle, puis glissa ses mains sous sa chemise, cherchant à connaître ses muscles, explora le bassin, l'aine. Il avait le membre très dur d'un homme de testostérone ; il avait l'odeur d'un chevalier. Elle s'enivrait de sa chaleur. De sa main libre, Serge entreprit le voyage sous la blouse de Clarisse, et empoigna ses seins qu'il massa énergiquement. Clarisse se laissa pétrir et but la salive de cet homme qui la nourrissait comme si elle était un oisillon. Ils s'aventuraient dans des caresses abruptes, le temps d'éveiller en eux toute l'urgence de ce qu'ils faisaient. Il n'y avait ni musique, ni bruit dans l'appartement. Jean-Christophe dormait déjà. Les murs semblaient écouter leurs respirations silencieuses et invitantes, scandant la prière universelle. Les fenêtres étaient ouvertes sur le ciel comme si elles étaient surprises par la nuit qui en profitait pour y glisser sa langue. Elle dit :

— Dépêche-toi maintenant.

Il lui plaça les mains au-dessus d'elle, les tenant contre la porte comme pour l'enchaîner, puis il manœuvra en elle. Soumise à une magie inconnue, Clarisse s'assouplit, n'offrit pas de résistance. Il s'arrêta un instant et la regarda dans les yeux. Elle s'adapta, enregistra la chaleur du membre, chercha davantage à se frotter contre lui. Il continuait de l'embrasser, de lui masser les seins pendant qu'il commençait doucement à se déhancher. Il ne semblait souffrir d'aucune faiblesse, sachant la délicatesse qu'il faut pour éveiller le sexe de Clarisse. Il n'était porteur d'aucune science, ne disant les mots qu'avec sa langue, n'agissant qu'avec les muscles du désir. Elle participa à ses mouvements, l'invita ainsi à se perdre en elle, yeux fermés, yeux ouverts, respiration haletante, dents lumineuses. Ils dansèrent lentement, Clarisse gavée, ses seins maintenant brûlants alors que Serge, ayant réussi à défaire sa blouse, lui suçait un mamelon. Puis il donna des coups plus secs, toutes les lèvres de Clarisse en émoi, tous les sens résolument bâtards. Lorsque Serge fut sur le point de jouir, il voulut se retirer, mais Clarisse le retint en lui disant : « Reste. » Il la toisa. Elle souriait. Il plongea davantage dans son sexe et la pressa contre la porte. Pendant un bref instant, abandonnée par ses sens, la jouissance devint douairière.

Il était allé ensuite à la salle de bains se laver. Clarisse était demeurée adossée à la porte, essouflée, pensant au sperme en elle, se demandant s'il ne cachait pas quelque poison ou potion magique. Elle se résolut à remonter sa culotte. Il revint et la pressa de nouveau contre la porte en l'embrassant comme s'il était prêt à recommencer. Elle voulut détacher son pantalon, mais il l'en empêcha. Ils continuèrent à s'embrasser, Clarisse laissant sa main sur le sexe de Serge qui se remit à gonfler.

— Non, dit-il en s'écartant, il faut que j'aille rejoindre Christine.

— Pour la baiser ?

Elle s'étonna de sa vulgarité. Serge la regarda encore plus froidement qu'à son arrivée.

— Oui, pourquoi pas ?

Puis il était parti. Elle s'était assise, encore secouée par la rencontre. Elle ne bougea pas jusqu'à l'arrivée de Simon, quelques heures plus tard. Il était accompagné de Serge. Ils avaient visiblement bu.

— Clarisse ! Je te présente un chic type !

Serge s'était approché d'elle et lui avait baisé la main, en lui repassant l'index sur sa paume. Cette fois-ci, elle se laissa faire.

◻

Elle se sent bien sous les draps. Son corps chante, un soleil aride souffle plus fort que l'eau, parvient à sédimenter ses espoirs. Elle a maintenant un second secret qui l'éloigne davantage de Simon.

Elle s'endort.

4

Le lendemain, il se présente tout de suite après le départ de Simon. Leurs gestes se répètent et lorsqu'il est en elle, il s'immobilise, comme la première fois. Ils se laissent unir, en conservant en eux l'étrange chaleur qu'apporte l'autre. Il lui caresse délicatement le cou. Elle passe un doigt dans son dos.

— J'avais oublié comme c'était bon.

Serge s'écarte un peu pour la dévisager.

— T'es pas enceinte ?

Elle sourit.

— Ça ne compte pas. J'étais saoule.

— Mais Simon là-dedans ?

— C'est une tapette.

Serge demeure un instant sans réagir puis éclate de rire. Il se met à aller et venir en elle. Elle continue de parler.

— Pourquoi tu me fais l'amour ?

— Parce que j'aime ça.

— Et Christine ?

Serge s'amuse. Clarisse, insensible ou trop contente pour s'offusquer, reste immobile. Il s'enfonce complètement, puis se retire doucement, ne laissant que le gland à l'intérieur, replonge doucement, entreprend quelques mouvements violents, se retire de nouveau et replonge. Elle rit.

— Tu ne me réponds pas.

— Ce n'est pas de tes affaires.

Maintenant Clarisse se déhanche, regarde le torse moite de Serge, poilu comme un ours. Il est un peu bedonnant. Elle se sent voyeuse. Les mouvements de Serge se font plus urgents. Elle perd soudain sa sensibilité, veut qu'il s'arrête, le temps pour elle de se reconcentrer.

— Doucement...

Il ne l'écoute pas. Elle l'arrête en le repoussant. Il la toise :

— Qu'est-ce que t'as ?

En fermant les yeux, elle dit :

— Doucement, j'ai dit. Caresse-moi.

Il se retire, la regarde, descend une main sur ses hanches, provoquant chez elle des frissons plus délicats qu'une rosée. En ouvrant les yeux, elle s'aperçoit qu'il se masturbe.

— Ne fais pas ça. Reviens en moi !

Il n'en fait qu'à sa tête, continue de la dévisager. Elle veut protester.

— Ne me regarde pas comme ça !

Serge ferme les yeux, non pas pour lui obéir mais parce qu'il s'apprête à jouir. Clarisse pense machinalement au sperme qui va salir le plancher. Elle décide alors de s'agenouiller et avale le sexe. Il jouit, lui serrant la tête tout en l'obligeant à rester là. Pendant un instant, elle pense qu'elle pourrait le mordre.

Elle se précipite à la salle de bains pour cracher la semence. Elle a honte maintenant. Elle se regarde dans le miroir, y voit des yeux humides, gonflés par la crainte ou l'aventure. Elle se rince copieusement la bouche. Le sperme de Serge goûte le sel. Elle l'entend partir sans dire « au revoir ». Elle serre les poings.

5

Pendant quelques jours, ils se rencontrent ainsi, brutalement et sans charité. Clarisse a maintenant mal lorsqu'il la pénètre ; il n'y a pas de place pour la tendresse. Elle se revoit couchée dans le champ, le vieux monsieur sur elle. Elle avait regardé les nuages passer leur chemin. Serge vient la voir plusieurs fois par jour, l'oblige à se soumettre à son désir insatiable. Elle doit prendre constamment sa douche car il dégage une forte odeur de sexe. Elle se sent parfois étrangère à ses douleurs, parfois horrifiée par sa soumission. À d'autres moments, elle conserve une respiration clinique lorsqu'il s'affaire en elle. Clarisse imagine l'enfant en train de dormir sous une pluie de semence. Serge est arrivé presque naturellement dans sa vie, ce qui la terrifie. Elle a beau se laver, elle a son odeur dans les narines à la moindre inspiration. Elle ne pense qu'à sa peau qui se mouille à la jouissance comme s'il n'était qu'une fontaine de semence. Malgré sa peur, elle pense à lui toute la journée, va parfois à la fenêtre pour voir s'il ne serait pas à bêcher le jardin. Elle attend bien sûr le retour de Simon, puis la nuit, car après la nuit, il y a Serge.

Ils sont pour la première fois dans le lit de Clarisse. Elle est sous lui. Il explore, se met à genoux et l'oblige à en faire autant. Elle oublie sa présence. Elle est molle. Il la retourne, veut s'enfoncer dans le rectum.

— Non, pas comme ça, jamais !

Il lui maintient les fesses, mais elle a serré l'anus très fort. Elle dit :

— Va-t-en.

Il rit doucement. Pour s'amuser, il entre son doigt dans l'anus.

Elle se lève dans le lit, en colère.

— Ne fais pas cela, je t'ai dit !

Sûr de lui, il approche son visage du bassin de Clarisse et plonge sa langue dans son sexe. Cette douceur soudaine la fait sourire. La langue de Serge lui envoie des signaux électriques. Il lèche son humidité, y mêle la sienne, boisson permise. Elle passe une main dans ses cheveux pendant que la barbe de Serge exacerbe ses sens. Elle jouit en pleurant. Elle se laisse choir, il la prend dans ses bras, l'oblige de nouveau à se retourner. Il essaie de la sodomiser, mais elle redit : «Non !» Elle l'entend se masturber. Elle demeure à plat ventre, ne sachant s'il faut le remercier pour la jouissance ou avoir honte de ce qu'il fait. Se mélangent en elle la pudeur des gens bien et la honte de ceux qui sont impuissants à stopper les autres. Cette liberté qu'affiche Serge l'ébahit et la désarçonne. Le sperme tombe sur elle. Hors des sentiers des amours, cette substance est visqueuse et sale.

— Va-t-en maintenant.

Il ne se fait pas prier, s'en va sans dire un mot. Elle soupire, se sentant soulagée. Elle reprend courage.

6

Elle rêve. L'enfant est aux côtés de la sorcière. Il a des cheveux noirs et bouclés. Le ciel est sombre, des nuages roulent, emportés par la nuit qui tombe rapidement. L'enfant lui dit :

— Tu n'as pas le droit.

La sorcière ricane :

— Écoute ton enfant, Clarisse. Vois comme il est intelligent.

Elle s'entend dire :

— J'ai le droit !

L'enfant et la sorcière s'écartent. L'ours blanc apparaît, furieux, et montre ses crocs, gronde avec le tonnerre.

Elle se réveille pour échapper aux griffes de l'animal. Elle s'assoit dans le lit. Simon dort. Ses nouveaux plaisirs hantent sa mémoire. Elle se revoit, clouée au sexe de Serge. L'enfant et la sorcière se superposent à ses souvenirs. L'enfant lui répète :

— Tu n'as pas le droit !

Elle se lève sans faire de bruit, va se chercher un verre d'eau, puis se dirige vers une fenêtre du salon. Elle s'appuie sur son rebord, examine la nuit qui ne parvient pas à être fraîche. Des insectes parlent à d'autres insectes, des arbres bruissent en se communiquant les derniers soubresauts du vent. Clarisse prend une bonne respiration, avale quelques gorgées d'eau.

— Oui, j'ai le droit, dit-elle à la nuit.

Les bêtes nocturnes se parlent dans leur langage indéchiffrable. Clarisse lance son verre qui s'écrase sur le gravier de l'allée centrale. Elle se met à rire faiblement.

□

S'il y a un été, Clarisse ne le voit que par les yeux de son amant. L'automne la voit grossir davantage. Elle en oublie un peu son enfant qui s'est retranché derrière une paroi opaque pour y bâtir sa vie et préparer ses batailles à venir. La vie quotidienne reprend le dessus, ponctuée des plaisirs que lui tend Serge. Clarisse se fait des amis, sourit. On attribue à sa grossesse la rondeur de ses lèvres. S'il fallait que tous le sachent, elle pourrait maintenant éclater de rire.

Aujourd'hui, elle se lève tôt. Elle prépare le déjeuner. Elle et Serge ont décidé de profiter de l'automne naissant pour se promener en forêt. Elle s'est levée ce matin, des rêves doux en mémoire :

les bras de Serge autour de son corps, ses lèvres dures galopant dans son cou, sa voix disant des «je t'aime», sa peau cherchant la sienne, la chaleur carnavalesque de tous les petits plaisirs qu'éprouvent deux êtres enivrés lorsqu'ils se touchent et qu'ils fomentent l'avenir de leurs tendresses.

Simon arrive dans la cuisine, encore somnolent.

— Qu'est-ce que t'as? T'es malade? lance-t-il nonchalamment en la voyant préparer le déjeuner.

Elle fait semblant de ne pas percevoir le ton railleur de la remarque.

— Non. Je suis de bonne humeur, c'est tout.

Les yeux de Simon s'attardent quelques instants sur elle, mais Clarisse demeure imperturbable. Elle a préparé des œufs qu'elle sert. Comme il ne fait aucun geste pour s'asseoir, elle le regarde, sûre d'elle-même et du bonheur à venir.

— Mange, ça va refroidir, ordonne-t-elle.

— Je n'ai pas faim. Tu sais très bien que je ne mange jamais le matin.

— Ce n'est pas une raison. Faut pas gaspiller.

Intrigué par l'attitude de Clarisse, il s'assoit et mange sans appétit. Cela fait deux ans qu'ils vivent ensemble, cela fait deux ans qu'ils ont cessé, pour ainsi dire, de se parler. Simon le baiseur d'hommes veut aimer Clarisse la muette, mais Simon le déchiré ne peut toucher Clarisse et, le temps aidant à compliquer la vérité, il a fini par écrire seul le contrat qui les unit pour la vie. Clarisse, sans bras, sans jambes, s'est assise de nouveau dans le ruisseau de son enfance, a écarté les jambes pour boire l'eau d'amont, et espère les miracles que les saints accordent aux immobiles.

— Comment tu te sens ?

Il pose la question sans conviction.

— Ça va.

Elle répond comme on chasse un insecte enivré par notre présence et qui s'obstine à tournoyer autour de nous.

— Où est Jean-Christophe ?

— Dans son lit, où veux-tu qu'il soit ? Il est en train de dormir.

— Quel enfant ! Si calme...

Elle ne répond pas. Simon s'accroche. Elle a entendu cette phrase des centaines de fois. Dans sa tête, elle lui donne tout de même raison. Jean-Christophe, son petit Dieu, ses premières douleurs, son évasion.

— Les autres me disent que tu es souvent avec Serge.

Il ne faut pas paniquer, rester aussi calme que possible :

— Oui, on est devenu amis.

Elle sert le café. Deux sucres pour lui, trois pour elle. Du lait. Elle brasse en évitant de frapper les parois des tasses.

— On dit qu'il vient souvent te voir ici, que vous ne sortez pas souvent.

Elle approche de ses lèvres le liquide. Elle n'a pas mis assez de lait, souffle pour refroidir le café, le sirote, cherchant une réponse valable. Il faut que cela ait l'air naturel.

— C'est vrai, il n'a pas vraiment fait beau ces temps-ci.

Elle est déjà sur ses gardes, mais l'attaque appréhendée n'arrive pas. Les rôties sortent subitement du grille-pain. Elle va les chercher.

— T'en veux une ?

Il fait non de la tête.

— T'as changé, Clarisse...

— C'est un reproche ?

— Non, dit-il, seulement t'as changé. J'ai l'impression que tu t'es éloignée de moi.

Elle ne répond pas tout de suite. Elle sent le danger qui arrive par en arrière, tel un fauve délicat. Simon picore dans son assiette. Elle finit par dire, avec une petite bravoure dans la voix.

— C'est la vie.

— Tu m'en veux...

— Mais non.

— Je ne te crois pas.

— T'as raison.

Elle s'amuse, même si elle ne sait où cela va la mener, prête sans y penser à rencontrer le danger. L'atmosphère s'épaissit. Il se lève et jette son déjeuner dans la poubelle.

— Qu'est-ce que t'as, Clarisse ?

Elle n'a pas encore mangé son œuf. Le jaune forme un monticule, entouré d'une mer blanche et figée. Elle fait tournoyer sa fourchette au-dessus, puis la laisse tomber. La paroi retenant le jaune se déchire et le liquide s'écoule.

— Tu devrais pourtant le savoir, ce que j'ai.

Simon accuse le coup, demeure près du comptoir, son assiette encore dans les mains. Il est rentré tard hier soir. Elle en profite. Elle ne comprend pas qu'il cherche autant à tout effacer, qu'il puisse croire qu'un mariage comme le leur est possible. Elle ne comprend pas qu'elle reste là à attendre qu'il arrête de rencontrer des hommes alors qu'il ne fait rien pour remédier à la situation. Elle ne croit pas qu'il ait vraiment les remords qu'il dit éprouver.

Simon a déposé son assiette dans l'évier. Il se retourne, toujours silencieux, probablement en train de préparer sa défense. Il dit mystérieusement :

— Explique.

Il s'est placé dans une position intelligente, celle de la parole. Les mots ont toujours paru à Clarisse d'étranges créatures plus fielleuses les unes que les autres. Elle hésite, voudrait tout lui dire, surtout qu'elle a un amant, qu'il est bon, qu'il a un membre qui lui donne du plaisir, qu'il est un homme vrai, lui, qu'il ne détourne rien. Son dégoût l'amène ailleurs :

— Je ne t'aime plus. Je ne veux pas avoir cet enfant.

S'il y avait eu des oiseaux et des bêtes dans la forêt, ils se seraient tus.

— Tu recommences...

Elle se lève d'un bond, s'écarte de la table et lui fait face.

— Oui, je recommence ! Comment est-ce que je pourrais faire autrement ? Pourquoi tu ne regardes pas la vérité en face ?

Surpris par l'attaque, il se retranche derrière une attitude calme et observatrice.

— Quelle vérité ?

— Oh ! toi pis tes grands mots ! Ça ne marche pas, nous deux, c'est français, non ?

— Qu'est-ce qui te prend Clarisse ?...

Elle le toise, mais ne parvient pas à dire autre chose. Simon cherche la logique de son emportement ; elle ne voudrait lui offrir comme prémisse que ses poings. Simon attend, confiant de vaincre. Les yeux de Clarisse se gonflent d'eau :

— Je ne veux pas de cet enfant. Il est de trop.

— Tu étais pourtant d'accord.

Elle se sent si proche de sa vérité. Il suffirait de la dire, cette maudite vérité...

— J'étais saoule...

— Clarisse !

Elle place ses mains sur ses oreilles.

— Ne crie pas.

Elle demeure ainsi pendant que Simon commence à être sérieusement ébranlé.

— Il est trop tard maintenant, dit-il.

Elle garde les mains sur ses oreilles, résolue à ne pas se faire ébranler à son tour. Il la force à écouter.

— Ne fais pas de connerie Clarisse. On était d'accord. Je t'aime.

Elle se dégage de son emprise, se protège de nouveau avec ses mains :

— Tu mens. Tu baises tes hommes et tu reviens parce que t'as besoin de moi, mais tu ne m'aimes pas.

— Tu ne comprends pas. Arrête ça, t'es conne !

Cette fois, il lui écarte violemment les mains. Il se met à lui parler comme les autres fois. Les mots pleuvent, convaincants pour la plupart, mais trop éloignés de la raison de Clarisse pour produire l'effet escompté. Elle entreprend plutôt de débarrasser la table, de laver la vaisselle. Il tente à plusieurs reprises de lui faire dire quelque chose de favorable. Sa raison à lui se mêle à son instinct de survie et les paroles qui naissent de cette union sont étonnamment bien articulées. Mais elle a l'habitude de les entendre. Les questions de Simon la harcèlent, cherchent à comprendre. Il refait leur histoire, essaie surtout de la culpabiliser. Au fond, dit-il, c'est peut-être de sa faute à elle, la faible, qui se laisse faire.

Ces derniers mots éveillent trop de mépris chez Clarisse. Une assiette glisse entre ses doigts et se brise sur le comptoir. Elle se place devant lui, yeux exorbités. Elle sent la colère de ces deux dernières années remonter le long de ses bras. Elle sait qu'en ce bref instant, elle peut laisser libre cours à sa folie et à sa tristesse.

— Je veux qu'il meure! Tu comprends ça? Je ne veux pas avoir cet enfant. Je ne veux pas avoir cet enfant!

Ce disant, elle se donne des coups de poing au ventre. Simon, d'abord estomaqué par son geste, sort de sa surprise et Clarisse croit voir alors l'ours blanc de ses rêves. Il lui assène une gifle qui l'envoie par terre. Elle se sent défaillir, le sang lui bouche les narines. Elle regarde les gouttes rouge clair tomber une à une sur le parquet. Elle entend Simon dire : «Merde...» Il essaie de la relever, mais elle l'écarte d'un geste brusque et se relève seule. Elle se dirige vers la salle de bains. Simon a horreur du sang des autres. Il prend néanmoins du papier essuie-tout et nettoie les taches sur le plancher.

Clarisse revient à la cuisine, Jean-Christophe accroché à elle, une compresse sur le nez. En la voyant jouer ainsi les victimes, Simon se met à pleurer.

7

Couchée sur le dos, Clarisse regarde l'automne prendre d'assaut les branches. Serge s'est collé contre elle, un bras autour de son corps, juste au-dessous de sa poitrine, sa bouche lui mâchouille une oreille.

Jean-Christophe est assis à leurs pieds. Il ramasse une feuille, l'observe attentivement, est distrait par un bruit suspect, regarde sa mère, puis retourne à la feuille qu'il porte à sa bouche. Il la retire aussitôt avec dédain. Il la froisse et la lance pas plus loin qu'à ses pieds. Peu content du résultat, il la reprend et l'envoie par en arrière.

La langue de Serge s'enfonce dans le pavillon de son oreille. Il fait glisser sa main sur ses vêtements, déboutonne sa veste, entre sous son gilet, va rejoindre la bordure du soutien-gorge qu'il soulève doucement, passe un doigt à la naissance du sein. La peau de Clarisse envoie des signaux contradictoires : bon, froid, tendresse. Serge se presse davantage contre elle. Elle peut sentir son sexe sous son pantalon. Il se lève brusquement et se déshabille.

— Tu vas prendre froid...

Il n'écoute pas. Il la soulève et la force à se déshabiller. Elle rit. Ils se couchent sur la couverture et s'en enveloppent du mieux qu'ils peuvent. La chaleur s'amuse à les souder davantage. Jean-Christophe les regarde distraitement, puis retourne à ses feuilles, décide de les goûter toutes. Serge s'est mis dans l'idée de laver, comme un chat, la peau de Clarisse. Lorsqu'il n'a plus de salive, il va l'embrasser, refaire le plein. Il ne s'est pas rasé ce matin. Sa barbe fait à la fois plaisir et mal à Clarisse. Il s'attarde dans l'aine, puis sous les pieds, revient à la vulve, fourrage entre les lèvres. Il ne s'arrête que lorsque Clarisse crie. Mais il se méprend puisqu'elle lui dit :

— Ta barbe... elle fait trop mal.

Il prend cela comme un compliment, veut continuer.

— Serge !

Il rit, ne pose que sa langue, et lèche la muqueuse.

— Tu me chatouilles !

Il entre son index, observe la succion qui s'opère. Comme un adolescent qui découvre pour la première fois le sexe d'une femme, il regarde religieusement l'entrée magique. Il fait de son doigt un *dildo* de fortune. Il s'arrête et remonte vers elle. Il lui montre son doigt humide et le met dans sa bouche. Elle rit encore. Ils s'embrassent. Il entre en elle. Elle ramène la couverture sur lui pour que

Jean-Christophe ne soit témoin de rien, mais ne peut s'empêcher de gémir, de dire à voix haute tout le bonheur qu'elle a d'être libre.

L'après-midi s'achève. Jean-Christophe crache une autre feuille. Clarisse et Serge se sont rhabillés et sont retournés ensuite sous la couverture. Il dit :

— Va falloir arrêter de se voir. Christine est enceinte.

— Moi aussi.

— C'est pas pareil.

— Pourquoi ?

— Tu le sais bien.

Elle garde le silence, observant les feuilles tanguer, telles des lunes, au-dessus du sol.

— Tu penses que je suis une femme frustrée et que je me fais sauter par le premier venu...

— J'ai pas dit ça.

— Mais tu aurais raison de le dire.

Elle rit.

— T'as déjà fait ça avec d'autres ? demande-t-il, un peu anxieux.

Elle le regarde, amusée.

— Non. Et toi ?

— Oui.

— T'es vraiment un baiseur invétéré...

— T'as pas l'air d'haïr ça...

Elle perd son sourire.

— Ça dépend des fois.

Il cherche à comprendre, puis semble prendre une décision :

— Écoute. Il faut qu'on arrête, le temps que Christine et toi ayez vos enfants. Je sais que ça a l'air bizarre comme ça, mais il faut respecter ce qu'il y a en dedans de vous. Ensuite, on verra.

Elle est de plus en plus déroutée, imaginant mal son amant respectueux de la vie utérine. Elle dit, jouant les vexées :

— Drôle de marché. Qui te dit que je voudrai de toi après ?

Il sourit, approche ses lèvres de son oreille et lui dit comme s'il s'agissait d'un grand secret :

— Parce que tu es une femme frustrée et que tu te fais sauter par le premier venu.

En fermant les yeux pour ne pas laisser paraître sa déception, elle entend déjà résonner en elle l'écho de l'attente. Elle ne sait si elle doit souffrir ou espérer.

8

Elle se colle parfois au mur à la recherche du souvenir de son amant. Serge tient sa promesse ; il ne tente pas de la revoir. Lorsqu'elle l'aperçoit avec les autres, elle s'étonne du calme qu'il affiche, comme si ce qu'ils avaient vécu ensemble n'était qu'un autre de ses rêves qu'elle se serait amusée à poursuivre pour se sortir de l'impasse.

Elle se pince souvent les lèvres, nerveuse, lorsqu'il s'approche pour lui parler. Les autres ne remarquent rien, mais elle se croit jugée. Elle a peur de trahir son amour, que l'on scrute sa mémoire et découvre son adultère. Elle se renfrogne, redevient irritable face à Simon qui s'est retranché, lui aussi, dans ses souvenirs ou ses fantasmes, apeuré et blessé parce qu'il a osé lever la main sur elle.

Pas un matin elle n'ouvre les yeux sans s'étonner d'être toujours enceinte, grosse et empesée. Elle maudit la longue journée devant elle et replonge dans sa léthargie en prétextant que l'enfant lui donne des coups et encore des coups.

Les après-midi sont longs, tardent à s'effacer ; l'enfant s'allonge, aime la nourriture qu'est sa mère. Clarisse se sent dévorée de désirs.

□

Une nuit, elle ne fait qu'un seul rêve. La sorcière tient quelque chose qui luit dans la noirceur, qui se gonfle et puis s'affaisse comme si cela respirait. La sorcière parle dans sa langue de sorcière, *bewit wastch gggrol steddix...* Clarisse s'approche. La sorcière ricane en lui montrant la chose :

— Regarde comme il est beau ton enfant !

Clarisse ne s'effraie nullement et tente plutôt de discerner les traits de l'enfant derrière la masse qu'elle devine être son utérus. L'enfant a des cheveux noirs bouclés, des yeux bleus, des mains élancées, des pieds forts.

La sorcière a repris sa litanie dans sa langue compliquée. Le tonnerre gronde dans la tête de Clarisse. Son regard s'engouffre dans la masse. Elle est près de l'enfant. Son corps est chaud, à la fois délicat et sensuel. Il a une odeur enivrante comme celle du sexe lorsqu'il exige l'abandon. Clarisse pense à Serge, caresse son enfant, glisse sa main entre ses petites jambes. Il ouvre les yeux en les tournant étrangement vers elle. Il ouvre ensuite la bouche avec candeur :

— Maman ?

Elle retire sa main. L'effroi la surprend à vouloir se faire pardonner. Elle se réveille en cherchant de l'air. Sa peau transpire abondamment. Elle se calme. Non, il ne s'est rien passé, se dit-elle, ce n'est qu'un cauchemar. Peut-être que sa vie est un mauvais rêve, mais là, dans son sommeil, ce n'était que des secondes oniriques perdues d'avance aux griffes de la nuit. Elle s'assure qu'elle n'a pas réveillé Simon, se lève, met sa robe de chambre et va se caler dans son fauteuil, au salon. Elle prend de larges respirations, secouée pourtant par la douleur. Pendant un bref instant, elle ouvre les portes de l'enfer. Sa douceur et sa tendresse se pressent pour voir la lumière du jour. Le Diable en personne les ramène dans sa tanière sans qu'elles ne protestent. Nerfs à vif, Clarisse garde, les jours suivants, un profond silence. Simon s'inquiète de sa pâleur. Elle le rassure en le chassant presque.

Les mois s'empilent, l'enfant est vigoureux. Il la réveille la nuit, l'oblige à se cambrer sous la force des coups. Puis, peu à peu, il descend, se place. Elle en est certaine : il la déteste, il n'a pas la douceur de Jean-Christophe. Il aura sûrement les yeux bleus et puissants de son père. Il ne peut en être autrement. C'est le fils de Simon ; il représente ce qu'a été son mariage, un leurre, un étouffant mensonge. Elle voudrait les maudire tous les deux, ne faire attention à personne, crever ses eaux pendant qu'il en est encore temps, noyer l'enfant dans l'air pur.

Mais les heures semblent ralentir; elle prend conscience de l'impossible avenir qui l'attend. Elle se laisse souvent choir dans un fauteuil, grosse, belle, les yeux gonflés par l'angoisse, persuadée qu'il ne reste plus qu'à mourir puisque, de toute manière, elle n'a plus la force de fomenter ses revanches.

9

Christine accouche trois semaines plus tard. Il y a une fête. Clarisse y va volontiers, espérant parler à Serge. Christine et lui trônent dans la grande salle du couvent. Les invités entourent le berceau et font au nouveau-né les guili-guili de circonstance. Clarisse s'approche, le cœur en chamade, le sang assoiffé par la présence de son amant. Il lui présente le sourire glacé dont il a le secret. En se tournant vers Christine, elle cherche à comprendre le comportement de Serge à son endroit :

— Comment s'est passé l'accouchement ? demande-t-elle sincèrement.

Christine laisse flotter elle aussi un sourire froid sur ses lèvres. Clarisse se sent défaillir comme si ce qu'elle disait était déplacé, ou plutôt comme si son cœur s'était mis à nu totalement. Christine lui sourit toujours.

— Comme tu peux le remarquer, dit-elle sèchement, je suis libre maintenant.

Clarisse ne saisit pas, regarde spontanément Serge. Le réflexe n'a pas échappé à Christine qui

dit encore très faiblement, comme si elle réservait
ses paroles aux seules oreilles de Clarisse :

— Je suis libre maintenant...

Serge regarde ailleurs, la commissure de ses
lèvres un peu figée.

□

Le lendemain, il vient lui rendre visite. Elle ne
veut pas lui montrer qu'elle est heureuse et cherche
par son silence à demeurer indépendante. Sans dire
un mot, il se déshabille.

— Je suis encore enceinte, prononce-t-elle en
guise de bravade.

L'enfant lui donne un coup. Serge se contente
de sourire, s'approche et entreprend de la déshabiller. Elle se laisse faire. Il la couche sur le lit, la
caresse longuement, refait ce qu'il avait fait dans la
forêt, la lèche de la tête au pied, lui souffle sur la
peau pour l'assécher. Il s'attarde dans son cou
comme une bête égorgeant sa proie, et avec ses
dents et sa langue suce ses envies. Il s'attarde à son
sexe, le lave avec une douceur qu'elle ne lui avait
jamais connue. Il la fait tranquillement jouir.
Ensuite il va à la salle de bains ; elle s'endort. À
son réveil, il est déjà parti.

Elle pense un instant qu'elle a encore rêvé.
Malgré le froid qui refuse de quitter l'appartement,

elle se promène nue. Oui, peut-être rêve-t-elle toutes ces choses qui la font jouir.

En regardant par la fenêtre, elle aperçoit Simon qui arrive. Elle s'habille, puis va à la salle de bains. Elle sursaute. Le sperme de Serge a giclé sur le miroir. Elle attrape une débarbouillette et tente d'essuyer la semence qui laisse plutôt une longue trace opaque. Elle pouffe de rire. Elle imagine Simon découvrant avant elle la souillure. Cela aurait pu être la fin. Elle a peur.

Elle va s'occuper de Jean-Christophe qui s'est pourtant habitué aux absences de sa mère. Lorsqu'il l'aperçoit, il l'invite à prendre part à ses jeux. Elle entend Simon entrer. Il lui dit : « Salut ! » Jean-Christophe tend les bras vers son père.

Simon tente d'amorcer une conversation mais une odeur l'intrigue. Clarisse disparaît dans la cuisine. Elle lui demande s'il a faim. Après le souper, il sort sans dire un mot.

☐

Elle se réveille. L'odeur de cigarette lui signale qu'il est de retour. Il fait nuit. Elle s'étire. Simon regarde par la fenêtre, assis au pied du lit.

Elle demande :

— Quelle heure est-il ?

Il ne répond pas, hausse les épaules. Fumer lui donne l'occasion de se taire. Et il y a la lune qui l'auréole. Il aurait pu être un saint homme : rebelle, égoïste, subjugué. Elle se tourne sur le côté, regarde les meubles dans la pénombre.

— J'ai eu une vision, dit-il.

Elle soupire, attend qu'il continue :

— Je te voyais avec Serge. Vous étiez en train de baiser.

Il insiste :

— Tu ne dis rien ?

Elle bâille, veut réfléchir mais la parole est plus rapide.

— Il n'y a rien à dire si ce n'est que c'est faux.

Simon acquiesce silencieusement. Le ton de Clarisse la trahit. C'est ce qu'il attendait. Il dit, la voix imprégnée d'une tristesse qu'elle ne lui connaît pas :

— Tu aurais raison...

Elle l'entend tirer sur sa cigarette et exhaler la fumée. Il poursuit :

— Tu sais qui je suis. Je sais que tu baises avec lui. Tout ce que je te demande, c'est qu'on reste unis pour les petits.

Il a dit « les petits ». Il pense que cela va continuer éternellement, qu'ils resteront mariés. Clarisse sent sa colère monter.

— Je ne baise pas avec Serge.

— On vivrait dans le même bloc, pourvu que les enfants aient leurs parents.

— Je ne baise pas avec Serge...

Elle proteste sans élever le ton. Il se lève, se déshabille et entre sous les couvertures. Elle sait qu'il la regarde, mais elle ne veut pas se retourner.

— Ce serait plus simple ainsi, tu ne trouves pas ?

— Serge est un ami, Simon, il n'est rien d'autre.

Après quelques instants de silence, il se tourne de l'autre côté en disant « bonne nuit ». Elle cherche à se rendormir. Il ne lui volera pas ses secrets.

TROISIÈME PARTIE

L'enfant

1

Simon ameute tout le monde. Quelqu'un va chercher la voiture, une autre reste auprès de Clarisse, lui prodiguant chaleur et conseils. Simon est trop nerveux pour conduire. Serge se propose. Clarisse le dévisage avec appréhension, mais il fait semblant de ne pas comprendre. Simon la dirige dans l'escalier. Il ne parle pas.

Serge les attend déjà dans la voiture. Il a ouvert la radio qui égrène une musique endiablée.

— Baisse ça, ordonne-t-elle entre deux spasmes.

Serge fait le salut militaire. Simon, qui a noté le geste, dit, menaçant :

— Tiens-toi tranquille pis fonce.

Serge ne répond pas et se contente de faire crisser les pneus dans la neige naissante. Clarisse s'en va vers sa délivrance.

☐

Son cœur s'enfuit. L'enfant va naître ; il va enfin naître. Elle respire très fort. Simon tente de la calmer, son cœur à lui n'écoute pas ce qu'entend

Clarisse. Serge sifflote. Clarisse voudrait le faire taire et l'embrasser. Des voix chantent, hautes, divines ; des voix glissent en elle en larguant les amarres de sa douleur. Des voix disent qu'il n'est pas trop tard, que tout redeviendra comme avant, lorsqu'elle était heureuse, au tout début de sa vie, pendant qu'elle maintenait, du seul fait de sa présence utérine, les reins malades de sa mère. Des voix essaient de l'endormir. L'amertume cambre son échine, le fiel de toutes ses années pousse l'enfant. Elle veut chasser l'enfant. Elle voudrait aussi lui crever les yeux. Oui, elle se dit qu'il faudrait le faire taire, oublier qu'il est en vie. Elle a mal. Son corps veut que l'enfant sorte. Il n'écoute plus Clarisse, répète ce que les générations lui ont enseigné. Elle crie parce que les eaux sont sur le point de se rompre. L'embâcle de la rivière, elle pense à cet embâcle qu'elle avait halluciné lorsqu'elle avait tenté de s'avorter. L'embâcle se brise ; le fruit de ses entrailles verra bientôt le jour. Elle pleure. Simon lui caresse les joues. Elle crie parce qu'elle ne veut pas qu'il la touche. Elle est contente car sa délivrance approche. Il ne fait plus nuit, il n'y a que des soleils réguliers, longs et en tubes, qui n'annoncent ni la nuit ni le jour. Elle entend des voix. Ce ne sont pas des anges. Sera-t-elle vraiment libre ?

☐

L'enfant est d'un bleu maléfique. Les infirmières alertent le médecin qui délaisse Clarisse. Il se

tourne vers Simon en lui jetant un regard étrange :
« Il ne veut pas respirer. » Il se reprend : « Il ne peut
pas respirer. » Simon enregistre le lapsus.

Le médecin soulève l'enfant, le secoue et le
frappe plusieurs fois dans le dos. La tension est à
son comble tandis que l'enfant semble déterminé à
ne pas vouloir ou pouvoir respirer. Il bleuit davantage.

Sur les ordres du médecin, une infirmière prépare une seringue. Simon le bouscule et s'approche
de l'enfant, pose intuitivement sa main sur son
ventre. Clarisse observe la scène, regarde les mains
magiques de Simon. L'enfant vomit, pleure très
fort. Elle entend enfin sa voix. C'est un enfant, un
doux enfant qui proteste. Elle referme les yeux.

Les infirmières et le médecin crient de joie. Au
bord de l'épuisement, Simon demande une chaise
que personne ne lui donne. Il s'appuie donc machinalement contre un mur. Simon et Clarisse s'observent, sans sourire. Le médecin retourne auprès
d'elle. En voulant dégager le placenta emprisonné
dans l'utérus, il déchire par mégarde le cordon
ombilical. Il jure et entreprend de masser le ventre.
Cela fait un bruit horrible. Clarisse pleure. Comme
pour la naissance de Jean-Christophe, elle a retrouvé presque instantanément sa taille d'avant la grossesse, ce qui complique la tâche du médecin qui ne
parvient pas à produire de pression suffisante pour
éjecter les membranes de l'utérus. Clarisse a honte.
Le médecin entre une main en elle comme si elle

était une volaille accrochée par les pattes, qu'on peut vider à loisir. Les suites sortent enfin et vont choir par terre. Simon regarde les substances avec étonnement. Puis Clarisse se met à crier et fige sur place ceux qui se trouvent dans la pièce. Comme elle est sanglée, elle se débat énergiquement pour se libérer. Le médecin lui administre un sédatif qui emporte ainsi, très loin dans l'oubli, la honte qu'elle ressent d'avoir échoué.

2

L'enfant pleure. C'est fou ce qu'un enfant peut énerver lorsqu'il veut quelque chose et qu'il ne l'obtient pas. Clarisse se bouche les oreilles. Simon est parti travailler. L'enfant est beau. Il a des cheveux bouclés et des yeux sombres qui reconnaissent leur mère et qui la demandent. Sa bouche est ronde lorsqu'il ne pleure pas, avec des lèvres minuscules, presque prudentes et qui sucent avidement le lait, ses mains s'agrippant fortement à la peau molle de la poitrine. S'il avait des griffes, Mathéo serait un vautour.

Clarisse se lève et va le chercher. Il arrête aussitôt de pleurer.

— Ne pleure pas, ne pleure pas, je ne te quitterai pas.

Elle pose la tête contre la fontanelle de son enfant. À cet endroit, le crâne est mou et tendre. Clarisse embrasse encore et encore les cheveux de son enfant. Mathéo enfonce la tête dans le cou de sa mère. Ses mains escaladent les vêtements de Clarisse, mais ses pieds se balancent dans le vide.

Il proteste et s'agite. Elle place une main sous ses fesses, le berce en lui murmurant des paroles qu'elle est seule à comprendre. Mathéo s'endort rapidement, affaissé contre sa mère, écoutant les rouages de son corps, apprenant à s'en souvenir pour le reste de ses jours, respirant sa sueur comme s'il s'agissait d'une rosée juive. Jean-Christophe babille dans un coin de la pièce, explore un jouet de plastique. Elle dépose Mathéo dans sa couchette. Il se réveille et se remet à protester.

— Non, dors !

Mais l'enfant ne veut que sa mère, toujours avec lui, et lui-même toujours contre elle. Elle se résigne à le reprendre et à s'excuser. Elle parle comme si elle prenait à témoin les murs de la pièce.

— Tu es mon enfant adoré, mon plus bel enfant. Je te demande pardon.

L'enfant, qui s'est replongé dans l'écoute de sa mère, se rendort. Elle le dépose dans sa couchette et il recommence son manège. Elle se fâche.

— Tu exagères, dit-elle avec une voix très basse.

Mathéo n'en fait qu'à sa tête. Il devient rouge tant il s'efforce d'être méchant. Elle place sa main sur la bouche de son enfant pour qu'il s'arrête. Ils se regardent.

— Tu te la fermes maintenant.

L'enfant fronce les sourcils. Clarisse appuie plus fort.

— Non.

Mathéo s'agite, donne des coups. On sonne à la porte. Elle sait que c'est Serge. Elle accourt. Libéré, Mathéo se remet à crier. Serge arrive en trombe dans la chambre, suivi de Clarisse.

— Eh ! le p'tit Christ, ferme ta gueule !

Clarisse serre les lèvres. Serge saisit Mathéo et le secoue violemment. Mathéo, étourdi et paniqué, ne veut pourtant pas abdiquer. Clarisse le prend des mains de Serge.

— Laisse-le moi.

Mathéo arrête aussitôt de pleurer.

— Tu le gâtes trop, dit Serge qui a commencé à se déshabiller.

Jean-Christophe est content qu'il soit là. Il demande à être pris. Serge va lui dire bonjour, puis il se rapproche de Clarisse qu'il enlace par-derrière en lui mordant le cou. Il la déshabille partiellement. Elle se laisse faire, debout, tenant Mathéo, regardant le mur. Serge se colle à elle, lui masse gentiment les côtes.

— Couche le petit, dit-il avec chaleur.

— Il va pleurer.

Elle ne bouge pas, appuie sa tête contre celle de son enfant. Serge lui écarte les fesses avec ses doigts, puis la force à se plier légèrement vers l'avant. Elle ferme les yeux lorsqu'il la monte.

Jean-Christophe, qui observe la scène, se lève et vient entourer de ses bras la jambe de Serge. Clarisse prie pour qu'il devienne aveugle. Serge lui agrippe les fesses et les frappe doucement. Son membre va très loin, trop loin selon elle, dans les intestins. La souffrance se mélange à l'étonnement. Elle écarte les jambes, prend une ample respiration afin d'absorber la douleur. Ce faisant, elle se détend. Serge dit de sa voix de maître :

— Voilà...

Maintenant, il a tout le loisir de la transpercer et de se faire jouir. Au dernier instant, il se retire et se colle à elle. Elle sent la semence couler dans son dos puis entre ses fesses, dégouliner ensuite sur ses cuisses. Une odeur d'excrément arrive à ses narines. Serge s'aperçoit que son membre est taché.

— Salope, t'aurais pu m'avertir que t'étais pleine de marde...

Clarisse garde le front appuyé contre le mur. Mathéo babille dans le creux de son oreille. Elle ne sait pourquoi elle se laisse ainsi humilier. Serge va se laver, puis arrive avec une débarbouillette. Il essuie doucement le sperme. Elle s'étonne de son geste.

— Pardon.

Elle se retourne.

— Quoi ?

Il est mal à l'aise.

— Pardon ! Je m'excuse !

Elle sourit, porte Mathéo dans son lit. Il commence à pleurer. Elle crie : « Non ! » Il paraît comprendre.

Elle revient vers Serge et l'embrasse.

3

Clarisse regarde toujours par la fenêtre lorsqu'elle cherche à ne plus vivre ; elle rêve qu'elle est là, dans le ciel, parmi les oiseaux et l'oxygène. Simon arrive de travailler en faisant du bruit dans l'escalier. Il ouvre précipitamment la porte et retrouve Clarisse assise dans son fauteuil. Rien n'a changé depuis la naissance de Mathéo, se dit-il.

— On s'en va...

Elle ne détourne pas la tête, continue de regarder nulle part, soupire :

— Quoi, on s'en va ?

— On s'en va ! J'ai trouvé une job à Québec !

Cette fois, elle le regarde.

— On vient d'arriver ici...

Simon est excité.

— Ici ou ailleurs. J'ai trouvé une job à mon goût, Clarisse ! Je vais voyager à travers le pays !

Il lui raconte son entrevue avec le directeur d'un réseau de collèges francophones. Simon superviserait le département des ressources humaines. Clarisse n'est pas contente.

— Si tu voyages tant que ça, on peut rester ici, nous.

C'est au tour de Simon de soupirer :

— Faut changer d'air. Tu vas voir, Québec est une belle ville et notre bureau-chef est là.

— Je veux rester ici.

Simon la dévisage un temps :

— C'est Serge, n'est-ce pas ?

Elle se lève d'un bond.

— Tu ne vas pas recommencer avec ça ! Je t'ai déjà dit qu'il n'y avait rien entre nous !

— Alors pourquoi tu te fâches ?

— Parce que tu me fatigues. Baise avec tes hommes si tu veux, mais laisse-moi tranquille !

— Toujours aussi méchante.

Elle ne répond pas. Elle répète :

— Je veux rester ici.

Il est dégoûté.

— Toujours la même, hein, Clarisse ? Un pied devant l'autre t'a toujours fait peur. Il y a un an, tu ne voulais pas venir ici et maintenant tu ne veux plus t'en aller...

— J'ai mes raisons...

— Qui sont ?

Comme elle ne dit rien d'autre, Simon ricane.

— Parfois, je me demande comment j'ai fait pour t'aimer...

Clarisse va à la fenêtre pour ne pas lui crier sa rage en pleine figure. Elle est blessée. Simon continue, mais elle ne veut pas l'entendre. Il va lui dire que sans lui, elle serait encore dans son rang, à se faire martyriser par son père adoptif, ou qu'elle vivrait sur le BS, ou qu'elle serait morte d'ennui. Clarisse écoute malgré elle le portrait qu'il brosse et sait qu'il a raison, qu'il est un homme, après tout, merveilleux, qu'il a longtemps été son Prince Charmant et que c'est lui qui lui a ouvert les yeux sur la vie. Il lui raconte leurs années d'enfance, leur premier voyage, comment elle avait eu peur de traverser la frontière américaine. Il lui rappelle leurs serments d'amour et toutes ces choses qu'ils se sont dites pour s'encourager.

— Pourquoi tu ne réponds pas?

Elle déteste cela quand il la relance ainsi.

— Je n'ai rien à dire j'imagine... Tu as raison de toute manière.

— Ce n'est pas vrai.

Elle ne veut plus continuer. Elle hausse les épaules, s'allume une cigarette. Il la suit, attend qu'elle dise quelque chose. Elle évite son regard, retourne s'asseoir dans son fauteuil.

— Je ne veux pas partir d'ici. Je suis bien.

— Ça ne se peut pas...

Il s'arrête voyant que cela ne sert à rien de parler. Elle se remet à fixer le ciel par la fenêtre. Il l'observe, essaie de revenir à l'essentiel :

— Je commence dans deux semaines.

— Je veux rester ici. Pars si tu veux. Je me débrouillerai.

Il ricane et cherche ensuite à comprendre :

— Pourquoi Clarisse, pourquoi ce n'est plus comme avant ?

— Tu connais la réponse.

— Alors pourquoi tu ne fais rien ? Tu restes assise là, tu ne t'occupes de rien, tu ne fais même pas le ménage, tu ne te fais pas d'amis, tu restes assise à ne rien faire. Tu es morte.

Elle sert les poings.

— Je fais bien plus de choses que tu penses.

Il tourne autour d'elle. Elle continue à fixer par la fenêtre la candeur de la noirceur qui se pointe à l'est.

— Mais t'es morte... et si tu fais tant de choses que ça, c'est que tu les fais dans mon dos et que t'as honte de les faire.

Ça y est, pense-t-elle, elle a réussi à le mettre en colère. Elle s'étonne qu'il n'élève pourtant pas le ton. Pourquoi est-ce si compliqué de cesser de vivre ? Non, vraiment, elle ne veut pas quitter Serge, elle deviendrait folle. Elle réussit à dire sans broncher :

— Je me débrouillerai.

La colère de Simon n'éclate pas. Après un autre de ses silences qu'il observe lorsqu'il s'obstine à avoir raison, il dit :

— Je sors.

Pendant qu'il se prépare, elle murmure :

— C'est ça, sors...

Lorsqu'elle le sait parti pour de bon, elle appelle Serge. C'est Christine qui répond.

— Je veux parler à Serge.

Christine laisse tomber le combiné. Le choc que cela produit retentit à l'oreille de Clarisse qui grimace.

— La vache !

Serge répond.

— Oui.

— J'ai envie de baiser.

— T'es folle de m'appeler ici !

— Elle est au courant, tu le sais aussi bien que moi.

Serge parle tout bas.

— Christine a parlé à Simon.

Son sang se fige. Elle comprend ce que cherche à faire Simon. Puisqu'il veut préserver sa famille, il essaie de l'écarter de Serge. Elle dit avec conviction :

— Je veux ta queue en moi.

Il raccroche, arrive quelques minutes plus tard. Elle est déjà nue dans son lit, les jambes outrageusement ouvertes. Ils font l'amour en essayant d'échafauder le mur de leurs passions très haut dans le ciel.

□

Serge s'est endormi contre elle. Elle a mal partout, mais elle se sent bien. La peau de Serge est dure et sent. Il transpire abondamment lorsqu'il fait l'amour. Leurs corps glissent l'un sur l'autre ; elle se noie, elle est heureuse. Il fait nuit. Serge n'est jamais resté aussi longtemps et il ne sait pas de toute façon l'heure qu'il est. Clarisse le garde pour elle, ne veut plus qu'il parte.

Elle entend une clé tourner dans la serrure de la porte d'entrée. Simon doit être saoul, honteux d'avoir osé toucher un homme dans une chambre d'hôtel. Il a toujours prétendu qu'il s'enfuyait avant. Elle ne s'est jamais résignée à le croire. Simon a du mal à déverrouiller la porte. Serge bouge. Elle lui caresse la tête pour qu'il se calme. Elle enlève le drap qui le recouvre. Les fesses de son amant luisent dans la pénombre.

La porte s'ouvre enfin. Simon cherche à ne pas faire de bruit. Il apparaît dans l'encadrement de la porte de la chambre. Il allume. Serge ne s'aperçoit de rien. Elle sourit.

Visiblement décontenancé, Simon n'en reste pas moins immobile. Elle observe sa respiration en lutte avec son ivresse.

— Va-t-en maintenant, prends les enfants si tu veux, mais laisse-moi tranquille.

— Fais pas la conne, Clarisse.

Il tangue, mais elle sait qu'il a récupéré la puissance de sa raison et de son corps. Il s'assoit sur une chaise placée tout près de la porte, éteint la lumière et s'allume une cigarette. Clarisse ne le quitte pas des yeux. Elle avait prévu qu'il parte aussitôt.

— Pourquoi tu fais ça, Clarisse ?

C'est ça, il est saoul, mais tout de même en contrôle. Il adopte le ton de l'éducateur spécialisé devant une adolescente en crise, ce qui la rend plus déterminée à ne pas se laisser faire cette fois-ci.

— T'étais pas obligée d'agir ainsi.

Il essaie de la culpabiliser. Elle fronce les sourcils, regarde ailleurs.

— Je ne t'aime plus Simon.

Ce n'est pas vrai, lui dit sa voix intérieure, sa sorcière. Simon réplique froidement :

— Tu ne m'as jamais aimé. Tu t'es servi de moi tout ce temps pour cacher ta petite peur de vivre.

Elle se fait l'écho de sa sorcière. Elle crie en se mettant à pleurer :

— Ce n'est pas vrai ! Comment peux-tu...

Serge sursaute. Se lève d'un bond.

— Quoi ? Qu'est-ce qu'il y a ?

Clarisse reprend aussitôt courage, réussit à éclater de rire en s'essuyant les yeux. Serge se retourne et voit Simon.

— *Fuck,* quelle heure il est ?

Personne ne lui répond. Il ne semble pas aimer ce qui se passe.

— Allume la lumière, Christ !

Simon s'exécute. Il ne quitte pas des yeux Serge qui se rend compte qu'il n'est pas à son avantage. Il cherche à s'habiller mais ne trouve plus ses vêtements ; Clarisse a pris soin de les cacher.

— Tu restes avec moi, dit-elle en défiant Simon.

Serge ne l'entend pas de cette manière :

— Pour qui tu te prends, p'tite garce ?

Simon se lève, se dirige vers Serge. Ce dernier recule instinctivement.

— Ne dis pas ça... C'est pas une garce. Elle est folle, c'est tout.

Clarisse est ulcérée de ce qu'il vient de dire. Elle souhaite qu'ils se battent. Serge dit un mot de trop :

— Faites l'amour pas la...

Il n'a pas le temps de terminer sa phrase que Simon l'envoie par terre d'un uppercut à peine contenu. Elle crie. Serge est inconscient. Elle se précipite vers lui. Simon s'enfuit au salon où une fenêtre vole en éclats : il ne se contrôle plus. Ameutés par le bruit, les gens de la commune accourent, mais Simon est déjà parti. On trouve Clarisse près de Serge encore inconscient, tous les deux nus dans le froid de la pièce. Les enfants pleurent, mais n'osent sortir de leur chambre. Les femmes les entourent et les rassurent. Des hommes bouchent la fenêtre alors que d'autres essaient de ranimer Serge. On tente d'éloigner Clarisse qui, silencieuse et véhémente, frappe du poing son amant parce qu'il n'a pas été à la hauteur.

QUATRIÈME PARTIE

Mathéo

1

Elle a refermé les yeux. Encore une fois. Cela lui rappelle le temps des prières, lorsqu'elle était jeune, prête à accepter dans sa mémoire les leçons et les promesses des autres. Croire en tout, c'est si près du bonheur et si loin du monde des adultes. Son front se glace ; le vent cogne à la fenêtre. Le froid de l'hiver pénètre sous l'épiderme, glisse dans ses veines. Il n'y a plus de rivière ; la « grande opération » a réussi.

La vie n'est plus la même depuis le départ de Simon. Déjà quatre ans, cela va si vite. Elle n'a pas le vertige. Elle est vide, s'est débarrassée de l'influence de la lune, s'est délivrée de Simon, aspire tout l'air qu'elle peut, émiette le temps. C'est peut-être cela l'ennui. Ou le bonheur.

Jean-Christophe est à l'école. Elle oublie souvent de le réveiller parce qu'elle fait la grasse matinée. La direction de l'école s'inquiète du développement de l'enfant, mais Clarisse sait qu'il est intelligent. Et puis elle s'en fout. Ce que pensent les autres n'a pas d'importance.

Mathéo pleure dans sa chambre. Il a probablement faim. Elle se colle davantage à la fenêtre.

☐

L'horloge sur le mur fait un tic-tac sordide. Son cœur bat en contrepoint. Simon est sous la table, un couteau pointé sur sa gorge. La peau est mince à cet endroit. La lame fait mal. Il suffirait de trancher, ou de peser un peu plus fort, et de briser les digues. Une frontière si fragile entre le néant et la vérité doit bien signifier quelque chose. Il aimerait être comme les ermites du désert, y en a-t-il encore?... ceux qui devenaient fous parce qu'ils savaient que le bon Dieu se trouvait là, entre la lame et la peau.

Le plancher est froid. Sa vie ne vaut pas grand-chose. Il s'est lancé dans la théologie, mais le corps du bon Dieu est gelé, ne possède pas de testicules ni d'odeurs. Le vent fouette la surface silencieuse de la fenêtre. Il regarde les nuances du ciel, paisibles comme la mort, belles comme le jour. Le bon Dieu ne crée plus d'embâcle.

Son appartement est presque vide. Il vit à Québec depuis quatre ans. L'horloge insiste. Le temps passe. Il se couche de tout son long, le plancher est trop loin de la terre ; il ne sent pas la planète tourner. Vivre lui semble étrange comme s'il n'existait qu'une seule joie, qu'une seule lente tristesse prenant, au fil des heures qui dansent, des formes bizarres et volatiles, à peine esquissées par les souvenirs. Il s'ennuie des enfants ; il aurait aimé être vraiment fertile, mener à bien leur éducation, faire de leur cœur une écorce souple. Surtout les arracher au bonheur constipé de Clarisse.

Il lance le couteau très loin. Cela ne donne rien de se faire peur quand on n'a pas le courage de choisir. Il se déteste. Il s'ennuie et meurt de désespoir. Le bon Dieu n'est plus qu'une froide hypothèse. Aux quatre coins du globe, des chamans se droguent pour mieux l'entendre. Les voix se taisent. Les visions sont devenues des paraboles. Il semble n'y avoir pourtant qu'une seule lumière, malgré le brouhaha de la pénombre, qu'un seul chant. L'histoire se répète pendant que l'air se raréfie. Il s'endort.

□

Serge la veut. Elle l'aime, pleure souvent lorsqu'il l'humilie. Elle est son jouet et se regarde s'abandonner, maigrir, sucée jusqu'à la moelle par le désir de son nouveau mari qui en redemande chaque jour, insatiable, violent, et qui la fait pourtant jouir viscéralement. Elle a parfois la peau ensanglantée tant la barbe de Serge laboure avec véhémence ses reins, ses côtes, comme si elle était faite de pergélisol et qu'il fallait lui percer le cœur. Lorsqu'il lui déchire ses vêtements et qu'elle s'agrippe à ses fesses, lorsqu'il la plonge dans l'eau de la baignoire après l'avoir meurtrie, lorsqu'il la caresse, l'enveloppe de sa langue, lorsqu'elle se fatigue et s'essouffle, écartelée au pilori de ses nuits folles, elle réussit à oublier, à ne plus penser aux fruits de ses entrailles. Elle respire alors plus fort, halète, avale tout le vent des mensonges, toutes les vérités de son amant; elle plonge ses ongles dans ses testicules, y presse la semence dans l'espoir qu'il demeure stérile à jamais.

□

Il téléphone à Clarisse. Elle prend du temps à répondre. Elle doit encore dormir.

— Allô.

Le ton est neutre, calfeutré par le sommeil.

— Je veux les enfants.

Elle ne répond pas. Il la poursuit encore. Il parle, ne lui laissant, de toute manière, que le choix d'écouter.

— J'ai besoin des enfants et tu t'en occupes pas. La directrice m'a appelé hier. Jean-Christophe ne va pas à l'école un jour sur trois. Qu'est-ce que tu fais?

— C'est une menteuse.

Elle ose.

— Je veux les enfants.

Elle attend quelques instants, puis dit rapidement:

— Viens les chercher.

Elle raccroche.

Elle se mord le poing et se plaque contre la fenêtre. Il n'y a plus d'embâcle. Elle pourrait être libre.

□

Elle habille Jean-Christophe.

— Où on va ?

Elle lui sourit.

— On va chez papa.

Jean-Christophe la regarde.

— Pourquoi ?

Elle attache sa chemise, lui caresse la joue.

— Maman a besoin de se reposer. Elle a été malade.

— Pourquoi ?

On sonne à la porte. Serge ouvre. Simon feint de l'ignorer et entre. Serge a un sourire narquois.

— Clarisse ! La tapette est...

Simon l'empêche d'en dire davantage, le saisit à la gorge et le tasse contre le mur. Les doigts appuient fortement sur la carotide.

— Lâche-moi, râle Serge.

Simon refuse ; il connaît la puissance de son regard. Serge tente en vain de se dégager :

— Mon tabar...

Il l'empêche d'en dire plus en serrant davantage. Clarisse le trouve beau. Ses cheveux descendent jusqu'en bas du dos. Ses yeux ont pris la couleur du diamant. Il porte des vêtements de coton, un foulard léger autour du cou.

— Lâche-le, Simon. Pas devant les enfants.

Clarisse se fait douce. Simon lui obéit, se tourne vers elle. Serge sort en claquant la porte. Les enfants sautent dans les bras de leur père. Clarisse sourit, se demande où s'en est allé Serge. Elle a du mal à comprendre ce qui se passe, respire un peu trop vite; elle se méfie. Les enfants... des planètes autour de leur père-soleil. Cela ne se passe pas ainsi avec Serge. Elle aide Simon à mettre les bagages dans la voiture. Elle n'a pas de consignes à donner. Simon est ému, n'aurait pas cru obtenir les enfants si facilement. Il a des projets, se voit déjà le nouveau Noé, celui qui rassemble et qui délivre. Ses enfants deviendront des géants. Il aime Clarisse ; un jour, ils seront de nouveau réunis. Il se le promet, veut le lui dire, mais elle embrasse déjà Jean-Christophe qui fronce les sourcils parce qu'elle le sert trop fort. Mathéo est dans la voiture. Elle embrasse faiblement Simon, ne veut pas qu'il se colle contre elle.

Il s'apprête à monter dans la voiture, mais il rebrousse chemin et enlace Clarisse. Elle se dit : « N'essaie pas. » Comme elle ne réagit pas, il relâche son étreinte.

— Je vais en prendre soin.

— Je sais.

Elle ose. Il ne comprend pas sa froideur. Il ne comprendra jamais, se dit-elle. Elle observe les environs, dans l'espoir de voir Serge. Où peut-il bien être ?

Tout cela va si vite. Simon démarre. Clarisse se rend compte qu'elle abandonne ses enfants. Ils sont déjà trop loin dans sa mémoire. Elle n'arrive pas à faire le point ; elle a l'impression d'être dans un rêve. Le terrible rêve d'avoir tort, d'être constamment dans l'erreur, d'en développer un cauchemar qui se respire et qui étouffe. Ses yeux se brouillent, Simon gagne encore, elle ne pourra jamais lui résister. Voit-elle ? Jean-Christophe est parti. Elle n'entendra plus les cris de Mathéo. Elle ne se raisonne plus, sent le cauchemar serrer son cœur puisqu'elle a honte.

Lorsque la voiture est à quelques mètres, Mathéo se retourne, mais sa mère est déjà entrée dans la maison.

Clarisse appelle : « Serge ? ». Elle s'appuie contre la porte. « Serge ? » Ses yeux n'en peuvent plus, la maison disparaît sous le chagrin. Elle sent une pression dans son dos. Serge tente d'ouvrir la porte. Elle le laisse entrer, veut se jeter dans ses bras. Il ne la regarde pas, fulmine parce qu'il a eu peur, la bouscule, s'assoit dans le salon, ouvre le téléviseur, manipule nerveusement la télécommande.

Dans la voiture, Simon fait le bouffon, essaie de détendre l'atmosphère. Il promet à ses enfants qu'ils vont être heureux. Jean-Christophe devine que sa mère lui a menti. Mathéo est assis à l'arrière, a faim, donne des coups de pied sur la banquette avant.

☐

Cela fait cinq minutes que la maison est vide. Serge s'est calmé, regarde docilement la télévision. Clarisse a mal à la tête. Elle a essuyé ses yeux, a entrepris vaguement un ménage inutile, marche jusqu'à la chambre des petits, s'en détourne, se précipite aux toilettes pour vomir.

Cela fait vingt minutes que la maison est vide. Elle revient au salon, s'assoit dans un fauteuil près de Serge. Elle l'aime, « n'est-ce pas que tu l'aimes ? » se dit-elle. Personne ne répond. Cela fait trente minutes que les enfants sont partis. C'est si facile l'absence.

2

Tout va en effet si vite. Simon est dans les bras de Paul. Les enfants dorment. Clarisse, au loin, s'est trouvé du travail. Elle est ambulancière, aux côtés de Serge. Il est passé maître dans l'art de cacher son véhicule dans les endroits les plus saugrenus pour lui faire l'amour durant les heures de travail.

C'est l'automne, c'est le printemps, c'est l'automne. La peau de Paul est blanche avec du poil roux. Simon est heureux. Il se parfume avec du patchouli. Paul a un parfum à la mode, un nom qui rappelle la jungle.

Mathéo rêve. Il a peur, il est dans un trou infesté de serpents. Ses cauchemars prennent de l'ampleur, surtout lorsque son père le dispute parce qu'il a fait une crise à la maternelle. Aujourd'hui, il a lancé son jouet à la figure d'un «ami». Simon a accepté sans broncher les paroles du personnel enseignant qui menace d'expulser Mathéo. Quelque chose ne tourne pas rond chez l'enfant, disent-ils, mais Simon ne veut pas l'entendre. Tout va rentrer dans l'ordre, il en est certain ; c'est une mauvaise passe, comme les précédentes. Cela ne peut pas toujours aller mal. Ils sont pauvres, mais ils vont s'en sortir. Ils ont froid, suffit de bien se couvrir. Ils forment une belle famille. Il ne manque que la mère. Elle reviendra bien un jour. Simon fait des promesses à ses enfants. Mathéo n'a pas l'âge de comprendre. Mathéo est avare. Des ombres s'emparent de lui. Mathéo est blessé ; il lui manque de l'oxygène, il n'entend plus sa mère. La nuit, sont sang s'échauffe.

Simon descend le slip de Paul ; il veut vivre et ne plus avoir peur. Mathéo crie. Simon sursaute, se dirige vers la chambre. L'enfant crie toujours.

— Mathéo !

Il secoue son fils, le calme, place la main sur sa poitrine. Mathéo a les yeux bleus de son père, les cheveux de sa mère, les mains de son père, le sourire de sa mère, le souffle de son père, les hanches de sa mère, la colère de Simon, les tourments de Clarisse. Simon referme la porte. Mathéo retourne dans son rêve ; le trou est toujours aussi noir. Simon regarde Paul qui lui sourit. Simon se déshabille.

☐

Cela fait un an que les enfants sont partis. Clarisse maigrit. Elle mange comme elle n'a jamais mangé. Jean-Christophe et Mathéo viennent à l'occasion lui rendre visite. Jean-Christophe est adorable, Mathéo, insupportable. Il se colle à elle, on dirait une sangsue ; elle a peur. Serge le gifle au moindre écart de comportement. Mathéo renchérit et se durcit, bouscule les objets qui lui tombent sous la main, casse des vitres. Serge le frappe à la tête ; Mathéo crie tellement fort qu'il manque d'air. Clarisse crie à son tour. Jean-Christophe regarde la télévision. Clarisse attrape Mathéo et s'enferme avec lui dans la chambre. Tous les deux pleurent, mais pas pour les mêmes raisons. Mathéo se calme vite ; elle s'en aperçoit et lui en veut. On dirait Simon.

☐

Serge et Clarisse sont dans leur lit. Ils pestent contre Simon. Serge, qui n'a pas de fils, voudrait que Jean-Christophe revienne vivre auprès d'eux. Il glisse des mots doux à l'oreille de Clarisse, en émettant parfois cette hypothèse.

☐

— Tu es content d'être avec papa ?

Jean-Christophe fait oui de la tête. Sa mère le berce.

— Paul m'a donné un cadeau.

— Qui est Paul ?

Jean-Christophe regarde au loin.

— J'sais pas.

Clarisse caresse sa tête :

— M'aimes-tu ?

Il répond en la serrant : « Oh ! oui... »

☐

Tout va si vite. Paul a quitté Simon pour de bon. Mathéo est expulsé de la maternelle : trop violent. Simon se saoule avec d'autres hommes. Clarisse s'achète des robes ; cela ne dure qu'un temps. Elle n'a pas de poitrine ; elle ressemble à une adolescente anorexique. Elle aime l'idée. Elle a dit à Simon qu'elle ne voulait plus voir Mathéo parce qu'il fait des crises. Jean-Christophe est là pour en témoigner. Simon acquiesce lui aussi. Il est sans défense devant elle et cela le fâche. Mathéo commence à être un problème. Simon poursuit ses études de théologie, amène Mathéo avec lui puisqu'il n'a pas d'argent pour le faire garder.

Il dérange à la faculté et il en est fier. À un party, il danse avec un copain devant les sœurs outrées et les prêtres jaloux. Tout finira par s'arranger, un voyant le lui a dit.

☐

Mathéo n'ira pas tout de suite en première année. On doit « l'évaluer ». « Il n'est pas normal », a dit la psychologue de l'école.

— Qu'est-ce que ça veut dire ? lui demande Simon candidement.

Il reçoit la visite de la DPJ. Un voisin a porté plainte parce que Simon crie constamment après

Mathéo. La plainte est rejetée, mais le mal est fait. Mathéo pleure chaque nuit. Simon crie parce qu'il ne veut pas attacher ses bottes, parce qu'il met ses vêtements à l'envers, parce qu'il pique des crises à tout le monde.

□

Jean-Christophe est heureux. Il a retrouvé sa mère. Elle et Serge sont gentils avec lui. C'est un enfant modèle, qui n'aime pas les colères. Sa mère lui dit qu'elle le protégera contre son père vicieux. Il ne comprend pas ce que vicieux veut dire, mais cela doit être important. Maman et Serge sont souvent dans la chambre.

□

Le divorce est prononcé. Garde séparée. Elle est coquette, fait bonne impression, féminine et délicate. Le juge n'aime pas le patchouli et les cheveux longs de Simon. Au sortir du tribunal, elle lance : « T'as le tien, j'ai le mien. » La méchanceté de Clarisse le surprend :

— T'as pas le droit de faire ça à Mathéo.

Elle le regarde avec défiance. « Il est mort, ouvre-toi les yeux. » Lorsqu'il retourne chez lui, la gardienne lui annonce qu'elle ne veut plus revenir ; Mathéo fait ceci, Mathéo fait cela, Mathéo en redemande, Mathéo suce l'énergie de tout le monde. Simon est fatigué.

□

Tout va si vite et s'embrouille. Tout. Mathéo et Simon forment une paire anormale. À l'école spécialisée, on déteste autant le père que l'enfant. Simon fait des études en psychologie, se croit plus perspicace que les fonctionnaires de l'esprit qui veulent loger Mathéo dans les cases prescrites de la normalité, page 345 du manuel. Simon s'amuse à leurs dépens. Il s'en fait des ennemis. Il s'en fout. On écrit dans les dossiers que le père ne coopère pas. On fait des réunions pour évaluer le « cas ». Les travailleurs sociaux se succèdent. Mathéo est en téflon. Il a neuf ans, n'a toujours pas réussi sa première année. Il est bon en français, mais les mathématiques, c'est pourri. Les diagnostics pleuvent : « déficience du lobe frontal due à un manque d'oxygène », « carence affective due à une mère absente », « problèmes utérins », « principe du plaisir camouflant un sentiment de rejet », « ça lui prend une mère à cet enfant-là », « tous les hommes sont des salauds, si elle vous a quitté, c'est parce qu'elle avait ses raisons », « votre enfant est violent, s'il continue, il va se retrouver en prison ».

Ils doivent avoir raison puisqu'ils ont trouvé des réponses. Simon se bat pour que la société trouve les moyens de l'aider ; personne ne veut de Mathéo. Simon est seul. Aiguise sa patience. Mathéo fait encore ceci, fait encore cela. Une tache sombre, il est un cancer, se dit Simon. Une tache brunâtre sur la peau qui, au fil des ans, masque le visage, obscurcit les pores. Le destin s'acharne. À qui la faute ? Les spécialistes parlent du syndrome de la Tourette. Mathéo a manqué d'oxygène à la naissance. Mathéo n'a pas vécu une période utérine normale. Mathéo est un cancer, un cas, une tache. Les intervenants sociaux sont débordés. Mathéo n'est qu'un cas parmi d'autres ; les enfants sont de plus en plus fous. Les parents se font la guerre. Mathéo a du napalm dans les yeux. Mathéo a quinze ans et montre son pénis aux petits vieux du parc.

□

Simon regarde le téléjournal en compagnie d'amis. Un homme a égorgé sa femme. Ses voisins n'en reviennent pas. Un homme si doux.

Simon dit, obsédé par l'ironie de la situation : « Les petites passions tues tuent. » Cela leur prend un certain temps à comprendre l'homophonie. Les passions se terrent, mine de rien, bla-bla-bla, puis explosent dans les colonnes des journaux ou dans les romans. Surprenant ses invités, Simon éclate, vocifère contre Clarisse. Elle est une démone ; elle ne fait rien pour Mathéo, s'en est lavé les mains. Quelqu'un veut protester, mais Simon ne veut rien entendre. Personne ne comprend la situation. Mathéo joue tranquillement sur le plancher tandis que son père fait les cent pas, le montrant du doigt : un cancer dans ses veines, un cancer, ce Mathéo qui fait ceci et qui fait cela. Simon a engendré un fils avec le démon. Clarisse le savait. Les amis se taisent.

□

Il fait nuit. Les amis sont partis. Mathéo gémit. Simon va le rassurer. Il n'aurait pas dû dire cela. Il réveille Mathéo qui sursaute, le prend dans ses bras. Peut-être faut-il pleurer pour se faire pardonner ? Simon pleure, Mathéo étouffe ; le sommeil, les larmes, les colères. Mathéo meurt ? Le destin, c'est la faute au destin, pense Simon. C'est la faute à Clarisse qui ne voit rien de tout cela.

□

— Oui allô, demande Mathéo.

— Salut.

Mathéo attend ; sa mère fait de même. C'est la troisième fois qu'il appelle dans la journée.

— Ça va bien ?

Elle répond : « Oui. »

— Qu'est-ce que tu fais ?

Elle répond : « J'écoute la télévision. »

— C'est quoi que t'écoutes ?

Elle répond : « *Dallas.* »

— Ah, c'est plate, ça.

Silence.

— Moi je peux pas écouter la télé, j'ai fait encore des bêtises.

Silence. Mathéo insiste. Il pleure. Elle raccroche.

— Maman ?

Jean-Christophe trouve sa mère par terre, appuyée contre le mur, un poing l'empêchant de hurler.

— Maman ?

Elle ne le regarde pas ; ses dents s'enfoncent dans la peau jusqu'au sang. Jean-Christophe appelle à l'aide :

— Serge !

□

Mathéo est sur le plongeoir, immobile, deux doigts dans la bouche ; l'autre main tient son pénis qui est raide sous son maillot. Cela pourrait être triste et méli-mélo, mais ça fait chier tout le monde. Son père arrive en courant. Il demeure de l'autre côté de la clôture qui ceint la piscine. Mathéo l'aperçoit, cligne des yeux et s'enlève prestement de là. Il a encore gagné. Simon rentre à la maison. Un jour, il explosera. Ce sera la fin du monde. Et il partira ; fera comme Clarisse. Libre.

3

Il marche, plonge le regard dans les trous que le ciel a fait dans l'eau des flaques. Il marche, cherche son air comme s'il venait de courir. Il faut qu'il marche ; marcher, ne pas fuir. Il faut qu'il ait raison, sans cela, il faudrait avoir le courage de plonger dans l'une de ces flaques qui jalonnent son chemin. Il faudrait avoir la force de faire comme son fils obstiné, celui qui refuse de grandir, celui qui reste sale, méchant, qui imite son père pour mieux se rapprocher de sa maudite mère qui l'a elle-même maudit. Il se contient à peine. Sa vie se résume en courtes phrases. Il faut marcher. Il a mal au ventre. Ses yeux ne voient rien. Il a eu tort ? Il a insisté depuis tout ce temps. Quinze ans, quinze ans que cela dure.

Il entre dans une cabine téléphonique et appelle un ami. Ses pleurs sont chauds : n'a-t-il pas la certitude de faire des choses nécessaires même si elles le déchirent ? Non, il ne l'a pas. C'est de sa faute, cela ne l'est pas. Les deux se disent.

— C'est une prison là-bas !

Il se remet à pleurer. L'ami ne réussit qu'à dire une banalité :

— T'as fait ce qu'il fallait.

Simon bredouille une protestation et raccroche. C'est Clarisse qui hochera la tête lorsqu'elle saura ce que Simon a fait. Elle l'a toujours dit : cet enfant est handicapé. Elle n'a jamais voulu le garder, ni en elle, ni après la délivrance. Elle et Serge savent ce qui est bon pour Mathéo. Qu'on l'enferme, qu'on le fasse taire. Ce n'est pas normal de s'accrocher ainsi ; il est violent, il est impoli, quand il acceptera les règles de la maison, il pourra revenir, il a frappé Suzie, la fille de Serge, il faut le punir, le battre. Il faut lui dire qu'il se fasse soigner. Il est trop sensible. Trop c'est trop. Boum, boum. Il ne peut pas détester sa mère, explique les spécialistes. Les mères savent ce qui est bon : Mathéo aurait dû mourir à la naissance. C'est de la faute à Simon ; il s'obstine, comme une horloge qui conduit à la tombe. Mathéo s'en va en institution parce que Simon n'en peut plus ; il doit s'ouvrir les yeux. Les livres des gens bien s'entassent dans la poussière. Y aurait-il deux vérités ? Simon pleure, se libère. Que le Seigneur n'en fasse qu'une bouchée ; la vie est ainsi faite.

☐

Il a réveillé Mathéo.

— Fais ta valise.

La veille, Mathéo s'est enfui, est entré en trombe dans plusieurs classes en faisant un boucan du tonnerre, en jouant à son jeu préféré, choquer tout le monde en montrant sa queue. Les éducatrices avaient peine à contenir les déficients mentaux énervés par l'attitude de Mathéo. Après une chasse interminable, on l'avait coincé dans le fond d'une classe. Avec un bâton, il avait frappé à la tête son éducatrice. Le directeur avait averti Simon qu'il préviendrait la police si cela devait se reproduire.

Mathéo replonge dans ses maladies, le chapelet de malédictions que les spécialistes ont proférées contre lui.

□

Encore sous l'effet du sommeil, les paroles de Simon semblent peu menaçantes. Il se lève, défie son père en disant : « Non. » Il n'en suffisait pas plus, auparavant, pour que Simon abdique, rongé par les remords. Mais cette fois, une rage animale guide son père ; il empoigne son fils par la gorge et le cloue au mur en le soulevant légèrement. La tête, sous l'impact, fait un trou dans le plâtre. Mathéo s'immobilise, oublie sa colère, ne pense qu'à la pression que son père exerce. Dans quelques secondes, il ne pourra plus respirer. Les yeux de Simon ne permettent aucune échappatoire. Il redit : « Fais ta valise » et le relâche, puis s'enferme dans sa chambre. Mathéo pleure en faisant ses bagages, se donne des coups de poing au visage. Voilà pour l'urgence.

Un peu plus tard, Simon vient l'aider à bien faire sa valise. Ils sont en colère l'un contre l'autre, même si l'enfant dirige sa haine en tous sens, confiant que son père résistera pour lui et qu'il ne l'abandonnera jamais. Le père en a assez. Il ne veut pas que cela tourne ainsi, dans le fiel et la douleur. Il a raté sa vie, se dit-il, il a un enfant pseudo-monstre, pseudo-déficient, pseudo-réel, en refus, en réaction, en quelque chose qui ne cadre pas dans les définitions conventionnelles.

☐

La psychologue de Mathéo dit qu'il faut du temps. Mathéo écoute et acquiesce. Il a un problème. C'est sérieux, un problème. Il a la permission d'être en colère.

☐

Simon éclate. Maudite mère maudite! Maudite psychologie permissive, plus vaste qu'un confessionnal! Maudite vie!

Il s'assoit sur le lit, essaie de se contrôler. Mathéo le regarde. Simon se radoucit. Mathéo attend le moment propice pour pleurer. Son père fait toujours cela. Il se met en colère, puis, rompu par le remords, il essaie de se faire pardonner.

— Viens-t-en.

Mathéo vacille. Les choses ne se passent pas de la même façon que d'habitude.

☐

Il avait presque poussé Mathéo dans les bras du responsable du Centre de transition. Jusqu'à ce moment, il avait retenu ses larmes devant son fils qui avait fait de même. Mathéo était brave ou trop préoccupé par ce qui lui arrivait pour pleurer. Mais devant son père qui éclatait en sanglots, il fut submergé par une peine incontrôlable. Les employés du Centre les séparèrent doucement. Simon s'enfuit en entendant son fils se redonner des coups de poing au visage. À l'extérieur, le souffle du printemps l'avait giflé et il avait courbé la tête.

☐

Il commence à geler sur son banc, mais il ne se décide pas à le quitter. Au sol, des flaques d'eau font miroiter des mondes étranges. Il se balance un peu, comme font les fous qui tentent de se dépouiller inlassablement de leurs névroses.

Il se lève. Rentré chez lui, il ne perd pas de temps. Il range les vêtements de Mathéo dans une valise qu'il portera plus tard au Centre, puis il jette dans la ruelle les vieux meubles de la chambre de Mathéo.

☐

Quinze années ont passé. Serge et Clarisse vivent. Serge est toujours aussi grossier, étale ses revues pornos sur le réservoir des toilettes, demande invariablement à Clarisse de le rejoindre quand il défèque.

Elle est une personne honnête, fait ses courses, prépare les repas, aime son fils Jean-Christophe, comme toutes les bonnes mères qui se respectent savent le faire, parle de son dernier «qui a mal tourné» avec un silence dans les yeux qui ne trahit plus rien, du vent dans le regard.

Elle oublie son enfant; elle lui a déjà craché dessus lors d'une de ses rares visites chez elle. Elle est sûrement folle; il n'y a que les fous pour faire cela. Elle vit, tel un roseau, souple et doux, suçant l'eau des étangs et des ténèbres, avare de sa sève et admirée par les poètes. Mais le chant des mots ne peut rien contre elle. Mathéo est maintenant placé dans une institution et elle a toujours dit qu'il n'était pas normal. Mathéo est violent et elle hoche la tête. Mathéo est sale, ne veut pas se laver, montre son pénis aux petits vieux et elle se pince les lèvres.

□

Simon ferme les yeux. Il veut refaire sa vie, reprendre le temps perdu tout en essayant de prier pour Mathéo. Si l'enfant était mort à la naissance, tous l'auraient aimé pour ce qu'il aurait été. Il a honte de ce qu'il pense, mais n'en démord pas. Il faut maintenant marcher, comme sur des œufs, recommencer et continuer. Mourir déjà.

☐

Clarisse ferme les yeux. Elle refait sa vie, Jean-Christophe est au cégep. Il a dix-huit ans, veut faire le métier de son père. Clarisse garde silence. Serge l'aime ; elle soigne des gens.

☐

Dans une vallée jonchée de soldats, le vent emporte les âmes et les jettent contre les collines. La reine s'est retranchée dans son château, le roi en a fait autant. Les démons se terrent, font peur aux bestioles. Bientôt, les cadavres se fondront à la terre comme la neige au printemps.

L'enfant a été détrôné. Sur sa monture, il piétine les morts. Il regarde à droite, là où est partie sa mère, puis à gauche ; le silence a remplacé le combat. Le Petit Prince piétine les morts, a du mal à contenir son cheval. Il lance son cri de guerre ; les démons s'amusent avec l'écho. Il n'y a pas de vautours. Il n'y a plus rien qui vaille. Il n'y a jamais rien eu. Se battre est inutile.

Il prend la direction du nord, vers la forêt des ombres où le reste de l'humanité l'attend.

Éditions Les Herbes rouges

ROMANS, RÉCITS, CONTES ET NOUVELLES

*Cet ouvrage a été achevé d'imprimer
chez Veilleux, impression à demande inc.
à Boucherville en octobre 1994
pour Le compte des
Éditions Les Herbes rouges*